爱你所爱的人间

杨轻舟 著

江苏凤凰文艺出版社
JIANGSU PHOENIX LITERATURE AND ART PUBLISHING

图书在版编目（CIP）数据

爱你所爱的人间 / 杨轻舟著. -- 南京：江苏凤凰文艺出版社, 2024.9. -- ISBN 978-7-5594-8872-5
Ⅰ．I267

中国国家版本馆CIP数据核字第20244SM114号

爱你所爱的人间

杨轻舟 著

责任编辑	王昕宁
特约编辑	李寒蕊
装帧设计	青空·阿鬼
责任印制	杨　丹
特约监制	杨　琴
出版发行	江苏凤凰文艺出版社
	南京市中央路165号，邮编：210009
网　　址	http://www.jswenyi.com
印　　刷	文畅阁印刷有限公司
开　　本	880毫米×1230毫米　1/32
印　　张	7
字　　数	118千字
版　　次	2024年9月第1版
印　　次	2024年9月第1次印刷
书　　号	ISBN 978-7-5594-8872-5
定　　价	55.00元

江苏凤凰文艺版图书凡印刷、装订错误，可向出版社调换，联系电话 025-83280257

致读者

有人说,中国近代史是一部屈辱史,
我们更愿意相信那是一部中华儿女百折不挠的抗争史。
在那个特殊的年代,有一群既可敬又可爱的人,
为了中华民族的崛起而挥洒自己的青春。
历史长河中,他们用铮铮的风骨、气节,
谱写龙之传人的不朽篇章。
那是黎明前的至暗时刻,
在最迷茫的年代,他们是如何循着内心深处的启明星,
找到属于自己、更属于后人的方向的?
如今我们看到他们的名字,犹如一座座丰碑,
但事实上,他们也曾有血有肉地存在过。
这本书的诞生,
就是想把他们曾经鲜活、生动的故事,讲给更多人听。
前辈们,
如今山河无恙,烟火寻常,
可如你们所愿的模样?
你们所爱的人间,我们亦深爱着。

袁隆平
中国杂交水稻之父

郁达夫
他不只是一位作家,更是一名战士

闻一多
宁可倒下去也不愿屈服

鲁迅
中国现代文学史上的不朽丰碑

陈延年、陈乔年
延乔路的尽头是繁华大道

钟奇
牺牲在黎明前的最后一刻

林觉民
不负苍生,但负卿卿

颜福庆
中国现代医学教育奠基人

林巧稚
万婴之母

瞿秋白
为大家辟一条光明的路

刘华清
中国现代海军之父、航母之父

王承书
中国第一颗原子弹研发的女功臣

南仁东
中国"天眼"之父

秋瑾
心比男儿烈

史良
参与制定《中华人民共和国婚姻法》

目录

第一卷　精神脊梁

002　//　**致鲁迅：** 我们挺起了脊梁

018　//　**致郁达夫：** 如今北京的秋天很热闹

036　//　**致闻一多：** 我们仍在感念您千秋不朽的精神

第二卷　烈士先驱

050　//　**致林觉民：** 你所期盼的新世界已经到来了

062　//　**致瞿秋白：** 我们依然走在您开拓的路上

076　//　**致陈延年、陈乔年：** 延乔路的尽头是繁华大道

094　//　**致钟奇：** 重庆的天亮了，你看到了吗？

CONTENTS

第三卷　　科技之光

108　//　**致颜福庆**：今天，祖国的医疗事业越来越好了

120　//　**致王承书**：您的名字不能被遗忘

132　//　**致刘华清**：多想让您摸一摸我们自己的航母呀

144　//　**致袁隆平**：爷爷，我们会记得好好吃饭

158　//　**致南仁东**：仰望星空，我们都会看见您的笑脸

第四卷　　女性力量

172　//　**致秋瑾：** 女性解放之路，我们会继续走下去

184　//　**致史良：** 今天的中国女性，很独立很自由

198　//　**致林巧稚：** 我们都是您的孩子

其实地上本没有路，走的人多了，便也成了路。

第一卷

精神脊梁

鲁迅　郁达夫　闻一多

致鲁迅

我们挺起了脊梁

> 谈及鲁迅先生,广大学生有一句心声:"一怕文言文,二怕写作文,三怕周树人"。
>
> 原因不外乎两个:一是语文书中收录了他多篇文章,篇篇都要背诵,而他处于文言文向白话文变革的时代,文章非常难背;二是他的思想格外深刻,学生时代的我们难以理解。与我们有过同样感受的,还有当代著名作家余华。
>
> 余华先生是读着鲁迅的作品长大的,曾经的他并没有读懂鲁迅,还曾说鲁迅是他这辈子唯一讨厌过的作家。但是在三十六岁那年,余华重新认真研读鲁迅的作品后,终于理解了他思想的深刻性,不禁感叹:"鲁迅不愧是一代文学巨匠!"
>
> 鲁迅先生本名周树人,取自《管子·权修》"终身之计,莫如树人"一句。终其一生,他以文学为战场,以纸笔为刀剑,掀起了一场文化救国的浪潮。**他要树起的不单单是他自己,更是千千万万华夏儿女的民族魂,是中华民族不屈的脊梁。**

（一）
在那个"有病"的时代，他一直在努力寻找"药方"

1881年9月25日，位于浙江省绍兴城内东昌坊新台门的周家诞生了一个男婴。父母为他取名周樟寿。这个男婴就是鲁迅，只不过此时的他，还不知道自己未来会在中国文坛上掀起怎样的惊涛骇浪。

周家是书香门第，祖父周福清是晚清辛未科（1871年）进士。但不同于大多数封建士大夫家庭首先要求子孙熟读四书五经、学八股文，周福清主张让孩子们先读"鉴略"[1]，

---

[1] "鉴略"指《五字鉴》，原名《鉴略妥注》，是李廷机根据我国古史资料所写的著作。

——编者注

以便了解国家的历史。除此之外，他还让孩子们阅读大量的古典小说。这样的开蒙对鲁迅后来的思想建树起到了非常重要的影响。

1892年，鲁迅进入私塾——也就是我们都非常熟悉的三味书屋读书。在这里的书桌上，他刻下了那个著名的"早"字，以此来激励自己奋发图强。然而好景不长，次年，祖父因为科考舞弊事发被捕入狱。祸不单行，鲁迅的父亲也在此时患上了严重的肺病。周家自此败落，迁至乡下避难。年幼的鲁迅为了给父亲治病，每天奔波在当铺和药铺之间，受尽了白眼。

1896年，缠绵病榻四年的周父去世，十五岁的鲁迅不但要承担照顾母亲、弟弟的责任，还要面对叔辈分家不公的压力，倍感世态炎凉。在当时的他看来，父亲的病是被庸医耽搁的，父亲的过世也使家庭陷入凄惨的处境，于是年少懂事的鲁迅立志学医。他认为，只有做个好医生，开出治病良方，才能避免更多的家庭走向破碎。

1898年，鲁迅考入江南水师学堂，他的叔祖周椒生在此处任学监。叔祖周椒生为鲁迅改名为周树人。而后多年，他在发表文章时给自己取过至少一百二十个笔名，以他母亲的姓"鲁"、自己的小名"迅"组合而来的"鲁迅"至今响彻中外文坛。

时间来到1902年3月，鲁迅远赴日本留学。同年4月，他进入弘文学院普通科江南班学习日语。1904年，鲁迅于弘文学院毕业，9月，进入仙台医学专门学校，开始学习医学。正是在这里，他结识了恩师藤野先生。

作为这一学年班上唯一一个中国留学生，日籍学生看到藤野先生为鲁迅批改过的笔记，纷纷质疑鲁迅是提前得到了答案，才得以通过考试。这让鲁迅意识到彼时的中国在旁人眼里就是个备受歧视的弱国，他们认为弱国只有低能儿。由此，鲁迅的志向开始有了朦胧的转变：**他觉得中国人当务之急最需要改变的不是孱弱的体质，而是"弱国"的本质。**

真正促使他弃医从文的，是第二年的霉菌学课程上老师播放的时事影片——中国人给俄国人做探子，被日军俘获枪毙，而围观的、叫好的却都是中国人。在那一刻，鲁迅的心被深深地刺痛了。祖父让他从小阅读的史书、古典小说所揭露的封建王朝"吃人"的本质，借着这部影片在他眼前具象化了。

医生开的药方救得了身，救不了心！救不了心，就救不了在黑暗里沉睡的中国人！

"身体上的病痛治好了，人们只是继续麻木地活着，挽救不了风雨飘摇的旧中国。"这一观点在鲁迅后来的小说《药》中就有所体现：蘸着革命者鲜血的馒头被华老栓当成给儿子治病的良药，但儿子还是死了；而革命者为什么牺牲，围观的人们并不理解，也不想理解。

唯有提高思想境地，促进国民精神觉醒，才是中国人唯一的出路。鲁迅终于找到了自己应该开的"方子"，他毅然从医学院退学，转身投入文化战线。

1906年6月，鲁迅转学进入"东京独逸语协会"所设的德语学校，此后，通过不同方式学习了德语、俄语，翻译了大量国外优秀作品。他和二弟周作人一起翻译了《域外小说集》，所选作品皆充满进步思想。

（二）
"此后如竟没有炬火，我便是唯一的光"

1909年，鲁迅从日本回国，《域外小说集》也在同年出版。但后来鲁迅先生对这部小说集的评价是：用文言文翻译，佶屈聱牙。这样的作品大多数人是难以读懂的。读不懂，就无从谈及用其中的进步思想唤醒被封建思想麻痹的国人。于是，鲁迅先生扛起了新文化运动的大旗，创作了大量的白话散文、小说。

1923年，《呐喊》出版，收录了鲁迅于1918年至1922年所创作的十四篇短篇小说，创造出像阿Q、孔乙己、狂人等一大批生动的艺术形象。

鲁迅要揭露封建旧势力残害、压迫民众的真相，要将启蒙思想、人道主义精神的火种撒遍华夏大地，于是，这些人物透过纸页，替他对读者发出了振聋发聩的呐喊声：阿Q利用精神胜利法麻痹自己，孔乙己至死不肯脱下象征读书人身份的长衫，他们都是封建社会压迫下的牺牲者。

狂人是那个时代最清醒的人，他道出了封建礼教"吃人，吃人"的真相，却被看作精神病患者一样的存在。**"救救孩子"**是他发自内心的呼声，也是鲁迅对未来寄托的希望——**醒醒吧！在黑夜里梦游的人们，挺起你们的腰杆，我们应该站起来，真正地活着！**

1926年8月，鲁迅的第二部小说集《彷徨》出版。彼时，新文化运动内部阵营出现分化，鲁迅"成了游勇，布不成阵了"，从而感到孤独、彷徨，但他总结了过去的经验，努力寻找新的战友，继续战斗。与此同时，他还创作了十篇回忆性散文，先后发表在《莽原》半月刊上，总题为《旧事重提》。后结集成册，改名为《朝花夕拾》，于1928年出版。

在小说《祝福》及很多篇散文中，鲁迅用了大量笔墨来描写他的家乡——鲁镇。

对故乡，鲁迅既爱又恨。在他的笔下，祥林嫂淳朴、善良，却在春节祝福的鞭炮声中惨死街头，非但没有得到同情，还遭人唾骂；百草园是他童年的乐园，隔壁的三味书屋虽然充斥着陈腐的味道，但是仍然充满了学生的嬉闹声；他把尽力为他父亲找药引、并专程送来的寿镜吾先生当成重要的亲人，但这并不妨碍他不喜欢老师迂腐的教育思想和方法；他时常怀念少年时期的玩伴闰土，可是中年闰土对他叫的那声"老爷"却让他五味杂陈。

归根结底，这让鲁迅又爱又恨的一切，还是封建社会"吃人"本质所造成的。鲁镇民风淳朴、自然环境秀美，生于斯长于斯，鲁迅童年时期美好的生命体验都在这里，他当然是希望家乡的一切、那些淳朴善良的人越来越好。但他所爱的故土被封建礼教的阴云层层笼罩，腐朽的思想根植在人们的脑海里，他们麻木，他们生活在不幸里却不自知，这让鲁迅怎能不恨？爱之深，才会责之切，才会哀其不幸，更会怒其不争。

鲁迅以纸笔为媒介，燃烧自己做火把，誓用生命为身边人照亮前路，可他渐渐发现，只是揭露社会现实，他的呐喊声仍然会被周围更大的黑暗深渊所吞没。摆事实是没有用的，他开出的"药方"只起到了"头痛医头、脚痛医脚"的作用，这是不够的。这让他愤慨，他要批判！他要怒骂！他要痛骂那些装睡的、虚伪的人，骂醒那些能被骂醒的人！

（三）
"让他们怨恨去，我也一个都不宽恕"

鲁迅后期的创作重心转向了杂文，为了那些真的猛士，为了那些不在沉默中灭亡的爆发。

他说："我的敌人活得太愉快了，我干嘛要让他们那么愉快呢？我要像一个黑色魔鬼那样，站在他们面前，使他们感到他们的不圆满。"

他的言辞愈发犀利老辣，字里行间，我们越来越清晰地看到那个我们熟悉的、骨头最硬的鲁迅先生的形象：没有丝毫奴颜和媚骨，绝不为外力所屈服。

鲁迅对社会中病态的一切都进行刻骨的批判：他批判"拿来主义"，批判当时落后的教育和文学创作理念……鲁迅将斗争的锋芒对准了别人，同时也对准了自己。身处于病态的社会中，自己怎么可能独善其身呢？他关注的问题，从对人间百态的观察，转入了灵魂深处的思辨。只要这个社会不发生根本性的改变，他便不会停止战斗。

鲁迅"骂"了太多事，也"骂"了太多人，以至于有很多人恨他。有人揪着他曾在《兔和猫》中表示过自己不喜欢猫，便借"狗讨厌猫，鲁迅也讨厌猫，所以鲁迅是狗"的逻辑来羞辱他。于是，鲁迅写出《狗·猫·鼠》一文迎头痛击：自己借着猫真正想要讽刺的，是那些趋炎附势、唯利是图的小人。

鲁迅先生病重之时，曾在《死》这篇文章中写过这样一段话：

> 欧洲人临死时，往往有一种仪式，是请别人宽恕，自己也宽恕了别人。我的怨敌可谓多矣，倘有新式的人问起我来，怎么回答呢？我想了一想，决定的是：让他们怨恨去，我也一个都不宽恕。

是啊，让他宽恕什么呢？他这一生从未想过刻意与谁为敌，他想要的无非是民族的觉醒、人们思想的进步、中华大地的勃勃生机。

那些怨他、恨他的人，不过是因为他太过清醒，因为他想叫醒更多沉睡的人,从而破坏了他们的利益,挡了他们的道。他们清醒地装睡,又凭什么叫先生来宽恕呢?

可先生想看到的生机勃勃,终究是没有看到。

1936年10月19日5时25分,先生因病逝世。他沉睡在黎明前的夜里,梦里的太阳从地平线升起,霞光照亮九州大地。

(四)
先生从未走远

经过炮火硝烟的洗礼,经过一代又一代人民的全力建设,如今的华夏大地终于如鲁迅先生所期盼的那样,光明、温暖、祥和,处处焕发着生机。

每逢节假日,鲁迅故居、鲁迅纪念馆迎来送往着无数的参观游客,接受着来自全国各地的人们的怀念。各类影视剧中对鲁迅先生的演绎、网友们用鲁迅作品里的经典语句设计的各种表情包、图片，时不时地就让先生火出圈一次。

曾经看到过这样一个评论："不管你是什么年龄，总会在某个瞬间，因为某一张图、某一句话而喜欢上鲁迅。"鲁迅先生曾经那些趣事——跟猪打架、偷吃柿霜糖、希望好吃的猴头菇能人工种植等，随着互联网的发展被越来越多的人知道，鲁迅先生"有趣""可爱"的一面进入大众视野，先生严肃、冷峻的形象也愈发生动、亲切起来。

越来越多的人愿意去了解鲁迅先生有趣的灵魂，原来，他的思想时至今日仍然对我们有所启发。

早在1919年，鲁迅就写过一篇文章，题为《我们现在怎样做父亲》。在这篇文章中，他深度探讨了封建家庭伦理和教育观，大力反对传统父权，主张父母即便赋予子女生命，也没有控制子女的权力，应当给予孩子爱和责任，引导他们成长。

十年后，爱子周海婴出生，鲁迅一直践行着这套教育理念，让周海婴成为一个"敢说、敢笑、敢骂、敢打"的人，教他不要因为父母的荣光而自负，也不要求他作为"鲁迅的儿子"必须怎样，只希求他过好自己的人生。而周海婴正是在这样开放包容的教育下，跟随自己的兴趣，选择投身于无线电专业，成为一代伟大的科学家。这样的教育理念，现在看来依然十分先进。

鲁迅先生虽有一身文人傲骨，但是对生活并没有文人的理想化。他深知柴米油盐之不易，在他的文章《病后杂谈》中，曾经认真地算过房租、水电的花销，以及自己的稿费，明确地指出：想要什么质量的生活，就要自己付出相应的努力，没有捷径可走。这样的消费观念在任何时代都是适用的。

今天的我们，真正挺起了脊梁，堂堂正正地行走在华夏大地上。我们可以活用"阿Q精神"，在繁忙的工作生活中，短暂地给自己的精神放个假；我们为了生活奔波劳碌，但依然可以披着自己的"长衫"，一点一滴地搭建自己的精神花园。

随着时代的进步，我们对文字的理解可能与先生当时所想并不完全相同，但不可否认的是，我们依然感恩先生赠予我们的精神礼物。

看着先生的照片，我忽然想：倘若先生现在就站在我的面前，我应该跟他说些什么呢？脑海里最先浮现的，是先生遗嘱中的一句："**忘记我，管自己生活。——倘不，那就真是胡涂虫。**"

后人如何评说，他大概并不在乎。从始至终，他所期望的，都是我们能够挺起脊梁，好好地活。思来想去，我知道自己要说什么了："先生，您知道吗，猴头菇现在真的可以人工培育了。"

我仿佛看到黑白的照片泛起了光彩，眼前那张刀削斧凿一般、棱角锐利的脸上露出了笑容。他没有回复我的话，转过身，挺起腰杆背起手，向着光里走去。

这世上本没有路，走的人多了，也便成了路。

路的尽头还是路，先生没走完的，我们接着走下去……

致郁达夫

如今北京的秋天很热闹

"前几天,我翻到了郁达夫先生的《故都的秋》。记得当年在课堂上,就被这篇优美的散文深深吸引住了,我憧憬着将来一定要走出家乡的小镇,去看看老北京的秋景是不是真如郁达夫所描绘的那般——"来得清,来得静"。

说起郁达夫,当代网友对他的印象,可谓是千人千面:有人觉得他堪比现代文学史上的柳永,文笔唯美而真挚,自带忧郁气质;有的人津津乐道他的恋爱和婚姻经历;但更多的人想到的是他作为烈士英勇抗日的事迹。

确实,他不只是一个作家,更是一名战士。"

（一）
乱离鱼雁双藏影，道阻河梁再卜居

我对郁达夫最初的印象，源自课本上那张黑白的侧颜照片：瘦削的脸庞，嘴角淡淡地笑着，眼神里却有化不开的愁，是典型的文弱书生形象，自带一股忧郁、清冷的气质。或许，这与他的成长环境有着脱不开的干系。

1896年12月7日，郁达夫出生在浙江省富阳市（现杭州市富阳区）满洲弄的一个知识分子家庭，上有两个哥哥、一个姐姐。在郁达夫三岁时，他的父亲去世了，全家的生活也因此陷入窘境。母亲含辛茹苦，独自将四个孩子拉扯大，其中艰辛可想而知。父爱的缺席、困顿的生活，让本就心思细腻的郁达夫变得敏感、自卑，但他并没有因此而耽误自己的学业，从小学到高中，他的成绩始终名列前茅。1913年,长兄郁华被派往日本考察司法工作,为了带弟弟见世面,便将十七岁的郁达夫带去日本留学。在这里,郁达夫一如既往的优秀,先后学习了医学、政治学、经济学,并通过优异的成绩获得了官费留学的资格。但是,漂亮的成绩单并没有成为这位青年才俊骄傲的资本,留学期间的所见所闻,反倒更令他徒增苦闷。

郁达夫在日本留学十年,对这个国家的情感非常复杂。**他说,自己恨这个国家,却又感激在这里学到的先进知识和进步思想。**1912年2月,孙中山辞去中华民国临时大总统一职,辛亥革命的胜利果实被袁世凯窃取,中国未能从半殖民地半封建社会的阴云下逃脱,国力衰弱,黎民百姓继续生活在水深火热之中;而此时的日本,通过明治维新,经济、文化得到迅速发展。

郁达夫在日留学期间,正逢日本自明治维新以来国力走向最高峰的盛世——大正时代。隔海相望,两片土地社会发展状况的强烈对比,两国人民截然不同的生活状态和质量,以及自身的无力感,让郁达夫心中产生了极大的挫败感;身处异邦的孤独,日常遭受的白眼、欺凌,令他本就自卑、敏感的性格变得愈发忧郁，但也激发了他强烈的爱国情怀。

那时辛亥革命的燎原之火使得民主共和思想深入人心，在当时的先进知识分子心中播下了救国救民的火种，郁达夫也不例外。留学期间，他阅读了大量外国小说，深受西方先进革命思想与文化的影响，开始苦苦思索中国封建落后的根源，探索改变之道。**郁达夫渴望中国能够在世界之林中崛起，他是多么希望在自己的家乡、在中华大地上也能看到处处飞速发展、进步，人们过着平等、幸福、安宁的日子啊！**可他只是一个文人，他觉得自己空有一腔报国志，却什么都做不了。

小说《沉沦》是郁达夫以自己多年的留学经历为原型创作的作品，借着主人公的命运，真实地揭露了社会的黑暗，也真诚地揭露了自己的不堪。他在故事中发出了内心深处最强烈的呼喊："中国呀中国！你怎么不富强起来，我不能再隐忍过去了。""祖国呀祖国，你快富起来，强起来吧！你还有许多儿女在那里受苦呢！"然而，此时的他仍然是迷茫的，他渴望反帝反封建，不甘沉沦却又无力自拔，充斥着抑郁、颓丧的气息。

（二）

明知世乱天难问，终觉离多会渐稀

　　1919年，"五四运动"爆发，爱国、进步、民主、科学的思想得到广泛传播，青年学生在这场反帝反封建的爱国运动中起到的先锋作用，给了郁达夫等留学生巨大的信心和启发。1921年9月，郁达夫和在日本留学的同班同学郭沫若，以及成仿吾、张资平、王独清等人成立了"创造社"，正式开始小说创作。前文提到的小说《沉沦》，正是在这一时期写成的，收录在同年出版的同名短篇小说集里。

　　在这一时期，郁达夫作为"创造社"的主力干将，与同伴们一起倡导无产阶级革命文学。他们反对写实主义，认为文章应当忠实于作者内心的要求，重视表现自我的浪漫主义，追求个人精神解放。**他们好像一群寻找精神家园的流浪者，书写着内心对祖国强大的渴望，期望唤醒更多内心同样迷茫、徘徊的中国人。**

　　从1922年郁达夫学成归国，到1933年3月，他花费了大量的精力进行教育工作和文学创作。十余年间，郁达夫先后在北京大学、武昌师范大学、广州中山大学、安徽大学任教，加入"太阳社"，发起成立中国左翼作家联盟。他希望竭尽所能，把自己学回来的先进知识传授给更多学子，把自己的所思所感传递给更多的同胞，拯救落后的国家。

郁达夫满怀希望和一腔热血回到故土，却只看见满目疮痍：日本帝国主义的入侵、国民党反动派的白色恐怖……内忧外患，使得中国人民始终处在水深火热之中。不但如此，他还在观念上跟"创造社"的其他成员产生了分歧："创造社"中期的创作理念越来越偏向写实主义，文章开始表现出战斗性、理论化的特征，这与郁达夫所坚持的唯美、浪漫主义、个人的精神解放偏离得越来越远。

郁达夫说："我不是一个战士，只是一个作家。"他觉得自己的努力似乎是无用的，仿佛是以卵击石，这样的现实让他感到深深的无力。最终，他带着遗憾离开了这个投入最多心血的地方。

内心悲观失落的郁达夫开始隐居避世。1932年10月，他隐居在杭州，创作了小说《迟桂花》。这是他创作风格的转折点，他不再写那些压抑病态的生活和沉闷悲凉的心境，而是借着迟桂花象征青春洋溢、姗姗来迟的幸福，通过主角翁莲的乐观、坚强、质朴、纯真、善良，描绘了一种极致的、健康向上的美。郁达夫笔下的翁家山充满诗情画意，有着令人神往的环境美、人性美，仿佛具有荡涤灵魂的魔力。他借着小说中的角色"老郁"的口道出了心声："**但愿我们都是迟桂花。**"迟桂花虽然开得迟，但总是会开的。郁达夫想给别人希望，也想给自己希望，于是幻想出一个世外桃源，以此来寄托最大的祈盼：**他希望现实中的人们经历的苦难早点过去，美好的新世界尽快到来。**

在隐居的这几年中，郁达夫努力在乱世中求自在，过着一种近乎闲散安逸的生活，写下了许多脍炙人口的散文、游记，我们最为熟知的作品《故都的秋》就是在这一时期写下的。

北京的秋天，"来得清，来得静"，秋晨、秋槐、秋蝉、秋雨、秋果，在万千读者心中留下了独特的美感。然而，郁达夫性格中悲凉的底色、忧国忧民的书生气，是无论如何都抹不掉的，一句北京的秋天"来得寂寥"，这份心思就藏不住了。心上有秋便是"愁"，可秋只不过是一个自然时节，万物按照自然规律收获、凋敝，它哪里懂得什么寂寥呢？真正寂寥的，其实是郁达夫那颗为祖国、为同胞的明天而忧虑却又无处作为的心。

（三）
悲歌痛哭终何补，义士纷纷说帝秦

乱世之中，没有人可以真正做到避世隐居，独善其身。苦难终于实实在在地压在这个郁郁不得志的文弱书生身上。

1937年，抗日战争全面爆发，日军入侵了郁达夫的家乡，他的母亲在战乱中被困在两堵墙的夹缝中。老人家已是古稀之年，心中却明白家国大义，为了不向侵略者妥协、求救，活活在墙缝中饿死。远在福建的郁达夫没能见到母亲的最后一面。国仇未报，又添家恨，郁达夫得知消息后悲愤交加，写下八个大字："**无母可依，此仇必报！**"他化悲愤为力量，积极投入到抗日的洪流中去。他不是战士，没有冲上前线奋勇杀敌的力量，但他是文人、作家，他可以发挥文字最强大的作用，来呼吁社会各界人士支持、参与抗日。

这个曾经不知如何作为、忧郁苦闷的书生，在最危难的时刻终于挺身而出，找到了属于自己的战场和作战方式：1937年8月，郁达夫主持成立了福州文化界救亡协会，主编《救亡文艺》，四十七天内就发表了二十篇呼吁抗日的文章，发出了"我们这一代，应该为抗战而牺牲"的呼喊；1938年3月，郁达夫赴武汉担任中华全国文艺界抗战协会政治部设计委员，从事多项抗日宣传工作；同年，台儿庄大捷后，郁达夫受命去劳军，过程中，他协调促成了美驻华武官史迪威在台儿庄的考察，进而中国抗战迎来了美国的援助；1938年，应新加坡《星洲日报》的邀请，他前往新加坡从事抗日宣传工作，从此成为海外华侨抗日的中坚力量。

郁达夫说："文化人要做识风浪的海鸥。"在《星洲日报》担任主笔期间，郁达夫妙手著文章，发表了四百多篇文章，认真分析国内外的政治、军事形势及日军的动向，带领海外华侨"识风浪"，了解抗日战争的情况和意义。华侨们纷纷捐款捐物，尽自己最大的能力支持抗战，还有许多华侨义无反顾地回到祖国，投身战场。郁达夫在积极宣传的同时也备受鼓舞，他坚信："**最后胜利，当然是我们的，必成必胜的信念，我们决不会动摇。**"

郁达夫和鲁迅是一生的挚友，他们惺惺相惜的不仅是斐然的文采，更是那颗敢于揭露黑暗、直面黑暗、坦率真诚的心，以及绝不向黑暗屈服的傲骨。鲁迅尖锐，锋芒毕露，是文坛上最利的刃、最刚的枪；郁达夫唯美、忧郁，字里行间尽是绕指柔。但在时代的浪涛之下，绕指柔终成百炼钢！

恐怕连郁达夫自己也没想到，在好友逝世后，那个在葬礼上哀婉叹息"**没有伟大人物出现的民族，是世界上最可怜的生物之群；有了伟大的人物，而不知拥护、爱戴、崇仰的国家，是没有希望的奴隶之邦**"的书生，也开始以笔为刀剑，以纸为战场。曾经用来排解苦闷、寻求心灵归宿的文字，俨然已成为他的武器，管他是战士还是作家，他终于写得畅快！他从不自诩是在做一项多么伟大的事业，他只是尽自己作为作家应尽的本分，用自己最擅长的方式，**为自己挚爱的祖国贡献最大的力量！**

曾经，郁达夫为了讽刺白色恐怖时期不打击日本侵略者反而迫害同胞的国民党反动派，化用"鲁仲连义不帝秦"的典故，留下了"义士纷纷说帝秦"的诗句。如今，他以及他身后的无数海外华侨，终于像鲁仲连一样，在中华儿女保家卫国的历史舞台上，留下了浓墨重彩的一笔！

（四）

长歌正气重来读，我比前贤路已宽

在郁达夫在新加坡积极开展抗日宣传工作的同时，他的长兄郁华也在上海利用自己法院要职的身份，竭尽全力帮助爱国人士。因为积极参与抗日，1939年11月，郁华被汪伪政府的特务暗杀。

郁达夫得知哥哥的死讯，悲痛不已。接连失去了两位至亲，他把这双重的悲痛一起深深埋在心底，走上了更加坚定也更加艰辛的抗战之路。1940年，郁达夫与关楚璞、姚楠、许云樵等人创建了新加坡南洋学会；1941年，太平洋战争爆发，他出任星华文化界战时工作团团长，以及新加坡华侨抗敌动员总会执行委员，组织星洲华侨义勇军坚决进行抗日；1942年初，他当选新加坡文化界抗日联合会主席，成为新加坡华侨抗日的重要领袖之一。

在怀念母亲和哥哥的文章中，郁达夫写道："**能说出'失节事大，饿死事小'这句话而实际做到的人，才是真正的文人。**"这也成为他余生对自己的要求和警醒。

1942年2月，新加坡沦陷，郁达夫等爱国人士准备离开印尼，却因为叛徒的告密而被日军调查、追杀。此时的郁达夫，心中只有家国大义，虽然身处险境，却坚持安排同行的胡愈之等人先离开印尼。他说自己已经暴露了，不能连累同伴们。

几经辗转，郁达夫、胡愈之等二十八名参加抗战委员会的文化界人士藏身到苏门答腊岛中西部的巴亚公务市，以躲避日军的明枪暗箭。郁达夫开始蓄须，改变自己一贯的书生形象，并化名赵廉，跟同伴们在当地华侨的帮助下开了一家名为"赵豫记"的酒厂，一边维持生计，一边做着力所能及的地下抗日工作。

当地的日本宪兵得知这个名叫赵廉的酒厂老板精通日语，胁迫郁达夫做了七个月的翻译。郁达夫将计就计，暗中为抗日力量传递了很多重要情报，并巧妙地保护、救助了大量爱国人士。

郁达夫爱酒，但是开办酒厂的这些年，他滴酒不沾，因为怕自己酒醉后稍有不慎，将我方的机密泄露给敌人。这个曾经的文弱书生，如今的酒厂小老板，在没有经过任何特工训练的情况下，却尽到了自己最大的心力，将这份艰难而危险的工作做到了极致。**于远在万里的祖国，他问心无愧！**

1945年8月15日，日本宣布无条件投降，郁达夫终于等来了这个好消息！从十七岁到四十九岁，民族的独立、自强，他等了、盼了整整三十二年！美丽的翁家山似乎真的出现在了他的眼前，迟桂花盛开，漫山遍野都是充满希望的金色，他好像已经嗅到了空气中弥漫着幸福的甜香味儿。

然而，谁都没料到的是，郁达夫没来得及返回故土，没来得及嗅一嗅家乡的桂花香，也没机会去母亲和哥哥的坟墓前祭拜。伴随着抗战胜利消息的传来，他的生命已经悄然进入了倒计时。

1945年8月29日晚，郁达夫正在南洋的一间屋子里和华侨们讨论事情，被当地一个陌生青年叫走，从此杳无音信。

郁达夫的失踪始终是一个谜团。中华人民共和国成立后，国家一直没有放弃对他的寻找。日本学者铃木正夫因为从小喜欢郁达夫的小说，多年来也在尽力破解郁达夫的失踪之谜。直到1985年，铃木正夫在他的作品《苏门答腊的郁达夫》中还原了他探访到的真相。根据他的说法：由于郁达夫长期从事日军的翻译工作，日军投降后，担心他将那些丑恶的罪行公之于众，于是收买当地人将郁达夫骗出，实施了绑架，并于1945年9月17日在苏门答腊的丛林深处秘密将其杀害。

郁达夫烈士的遗体至今没有找到。他的女儿郁黎民曾在郁达夫诞辰一百一十周年纪念大会上写下诗句：

> 历史已去事作古，
> 仍有日人改史书。
> 国仇家恨重勾起，
> 还我父亲郁达夫。

如今，郁达夫出生的满洲弄已经改名为"达夫弄"，我们仍然盼望着有朝一日，先生能够回家！

写下这篇文字时，我正坐在北京的一间办公室里。屋内宽敞明亮，屋外高楼大厦鳞次栉比，首都北京，如今已经是一片繁华景象。在北京生活多年，经历过很多个秋天，我好像不曾感受过郁达夫先生笔下的凄清、寂寥。春有天坛花香满园，夏有颐和园碧湖翠树，秋有故宫诗情画意，冬有陶然亭细雪翩然。

四时皆是风景，各有各的热闹。倘若郁达夫先生看过，文坛上大概又会多出许多篇唯美、细腻的佳作吧，但是透过文字看到的心境，一定满是溢出笔墨的幸福和希望。

其实不只是北京，全国各地尽是繁荣昌盛的景象。谈起郁达夫，夏衍评价道：**达夫是一个伟大的爱国者，爱国是他毕生的精神支柱。**曾经跟他一起在新加坡共克时艰的胡愈之说：在中国文学史上，将永远铭刻着郁达夫的名字；在中国人民反法西斯战争的纪念碑上，也将永远铭刻着郁达夫烈士的名字。

郁达夫说自己不是一个战士，只是一个作家。他大概从未觉得自己战斗过，却实实在在地为祖国燃烧了一生，奉献了一生。

如今，您所热爱的祖国，您为之奋斗，乃至付出生命的祖国，真的如您所期盼的那样，富起来了，强起来了！先生，您也可安心了吧？

致闻一多

我们仍在感念您千秋不朽的精神

> 不管你爱不爱唱歌,这首歌一定会是你的童年回忆:
>
> 你可知 MACAU 不是我真姓
> 我离开你太久了母亲
> 但是他们掳去的是我的肉体
> 你依然保管我内心的灵魂
> ……
>
> 这曲《七子之歌·澳门》改编自闻一多先生《七子之歌》组诗的第一篇《澳门》,其柔美而感人的曲调曾在1999年澳门回归时响彻大江南北,唱出了无数中华儿女渴望祖国统一的心声。闻一多先生的名字,也从那时候起悄悄地住进了我们这一代人的心里。

（一）

"长城啊！你可守得住你的文化！"

闻一多本名闻家骅，1899年11月24日出生在湖北省浠水县巴河镇闻家铺。他的父亲是清末秀才，精通诗词歌赋，却不拘泥于旧时代的科考制度，他会教孩子们读儒家传统经典，但也早早就顺应了历史潮流，让子女们去新式学堂接受科学文化知识的教育。

在父亲的影响下，闻一多阅读了大量的诗词、史书，在文学、艺术方面都颇有天赋。十三岁时，闻一多考上了清华大学乙班。在校内，他更系统地学习了自然科学知识和社会政治知识，思想见识日趋成熟。

由于从小便接受新式教育，闻一多对革命有着极强的热情，入学没多久，他就利用业余时间创作了剧本《革命党人》（又名《武昌起义》），并在剧中亲自饰演了革命党人的角色。他还参与了校内刊物《清华周刊》《新华学报》的编辑工作，发表了许多诗、赋，借以表达自己对时局的看法。

1919年，"五四运动"爆发，闻一多当选清华大学的学生代表，去上海参加全国学生联合会。这一时期，他创作了大量的诗词，并经常发表演讲，以表达自己对革命和社会时局的看法。之后的三年中，他还对诗词做了大量的研究，希望能将新诗的格律理论化，用新的文学形式来传达进步思想。

1922年7月，闻一多前往美国芝加哥美术学院和科罗拉多学院学习西洋绘画、文学、戏剧的专业知识。之所以远赴重洋，是因为作为一名文学、艺术工作者，闻一多深信文艺作品的强大感染力，他希望可以学到更现代化的文学、美术形式，来传递救亡图存的爱国思想，唤醒更多迷茫的国人。然而，到了美国之后，闻一多却饱尝了华人被侮辱、被歧视的心酸。美国的发达、先进与旧中国的封建、落后形成了强烈对比，这令闻一多渴望改变中国落后状态的愿望更迫切。

一腔报国志促使他更加努力地学习，同时，他还创作了大量诗作，如《长城下的哀歌》《秋之末日》《红烛》等。对比欧美的新兴国家，闻一多为中华民族拥有五千年光辉灿烂的历史感到由衷的自豪。然而，这个让他自豪的国家，现如今却遍地狼藉。清政府的闭关锁国、封建制度对民众的压迫，让当时的中国落后于世界发展的脚步，中国有黄帝、神农、老聃、孔子、屈原这些先贤智者，但他们的智慧、民族气节却叫不醒当时迷茫的国人。

闻一多发出了灵魂的呐喊："神州啊！你竟陆沉了吗？""这堕落的假中华不是我的家！"但他仍然是充满希望的，他把为了民族觉醒奋发图强的华夏儿女比作燃烧的红烛，渴望"烧破世人的梦，烧沸世人的血——也救出他们的灵魂，也捣破他们的监狱！"为了这个远大的目标，他奉上了一颗热忱的赤子之心：莫问收获，但问耕耘。

（二）
"诗人最大的天赋是爱，爱他的祖国，爱他的人民"

闻一多在美国度过了两年多的留学时光。身处异国他乡，对故土的思念日益强烈，再加上弱国子民在强国饱受欺凌，闻一多的创作灵感激增。他时时记挂着被列强瓜分的澳门、香港、台湾、威海卫、广州湾、九龙、旅顺大连，想着被列强统治、压迫的中国同胞，于是，1925 年 3 月，闻一多以渴望归家的游子口吻，创作了著名的《七子之歌》组诗。

你可知"妈港"不是我的真名姓？
我离开你的襁褓太久了，母亲！

字字泣血的独白，无不表达着被帝国主义欺压的、被迫与祖国分离的中国人的屈辱、痛苦、愤懑，又传递了对祖国母亲深深的眷恋和思念，肉体被掳去，但心中燃烧的依然是中国魂！

《七子之歌》一经问世，便在社会各界引起了巨大的反响。渴望振兴祖国的愿望，让闻一多再也忍受不了在美国所遭到的歧视。1925年5月，闻一多提前结束学业，回到了中国。但是当他重新踏上祖国的土地，亲眼看到的只有帝国主义暴行、军阀混战，以及流离失所的人民；紧接着，"五卅惨案"又在闻一多心上添了一道血淋淋的伤口。失望、痛苦、愤怒……种种情绪在心中翻滚，掀起汹涌的波涛，他愤然写下了一篇诗作——《死水》。

半殖民地半封建社会的旧中国，在闻一多眼中就像**"一沟绝望的死水"**，人们在封建思想的压迫下麻木度日，新思想的清风在这里**"吹不起半点涟漪"**。他觉得，旧社会的一切都在腐烂、发臭，连带着淹没了在这里生活的人们，对此，他感到无比愤恨。他用犀利的语言讽刺着当时中国的社会现状，诅咒着黑暗腐朽的社会制度。他尖锐地写道：**"不如让给丑恶来开垦，看他造出个什么世界！"**满是厌恶情感的诗句，透露的是闻一多渴望社会发生巨大变革，中华大地恢复生机与活力的强烈愿望。他希望用文字唤醒越来越多的人民奋起反抗，给中国大地带来新的生机。

归国后，闻一多长期从事着文化艺术宣传、教育工作。1927年2月，他担任武汉国民革命军政治部艺术部长；同年9月，受聘于南京第四中山大学文学院，担任外国文学系主任。1928年8月，担任武汉大学文学院院长。1930年，任山东国立青岛大学文学院院长、国文系主任。1932年，任清华大学国文系教授。

几年间，他发表了大量的论文、诗作。对传统的旧体诗，他没有全盘否定，而是以更加现代化的视角、更加进步的思想去解读《庄子》《诗经》《楚辞》，同时，他也给学生们讲国外的新作品。

闻一多是一个典型的浪漫主义诗人，他通过作品表达了对生命、理想、信仰的思考，**他主张诗最好是用血肉来写，用整个生命来写**，将个人命运与国家命运相结合，将爱国主义情怀融入浪漫的词句，他的影响远远跨越了文学界，振奋了当时一大批青年学子的精神。

（三）
"正义是杀不完的，因为真理永远存在！"

  1937年"七七事变"之后，抗日战争全面爆发，为了躲避战乱，北京大学、清华大学、南开大学三校决定合并，迁至湖南长沙，挂牌为长沙临时大学。收到这个消息之后，闻一多迅速放弃休假，跟随学校南迁。1937年12月13日南京沦陷，日军制造了惨绝人寰的"南京大屠杀"。闻一多悲痛难耐，为了表达抗日的决心，他蓄须明志，发誓抗日战争胜利之日就是他剃须之时。

  1938年，武汉临危，长沙临时大学被迫迁往昆明，更名为西南联合大学。迁址期间，因为担心学生们的安全，闻一多放弃乘车，坚持和学生们徒步六十八天，从长沙旧址走到昆明新校区。就是这六十八天，使闻一多的思想认识发生了翻天覆地的变化。

  徒步过程中，作为一个生活条件相对优越的高级知识分子，闻一多第一次真正接触到了旧社会最底层百姓的真实生活，他见到了百姓的极度贫困，战争、灾荒使得整个华夏大地生灵涂炭。

闻一多原本认为，文化发展可以救国，他能用真切的文字唤醒国人，把进步的思想播撒向全国每一个角落；然而，目之所及让他终于深刻地明白：**这是一场必须经历流血牺牲才能取得胜利的战争。**在这样的战争年代，文化的感染力所能起到的作用太小了。

闻一多彻底转变成了一个民主战士，他果断放弃文化救国的浪漫主义理想，转身积极投入到抗日救亡、反对帝国主义独裁、争取民族独立的革命斗争中。1944年，闻一多加入了中国民主同盟会，他一边教书，一边积极参加社会政治活动，鼓舞广大革命青年的士气，为他们树立明确的目标。这一时期，他阅读了《共产党宣言》《国家论》等著作，对共产主义有了极高的信仰，他相信共产党代表的是中国人民最高的利益，他迫切渴望有朝一日自己也能入党，为祖国和人民做贡献。

闻一多没想到的是，虽然抗日战争胜利了，但是中华民族距离真正的自由和解放还有很远的路要走。1945年

12月1日，国民党特务在昆明制造了"一二·一"惨案，闻一多坚定地与爱国学生们站在一起，为死难烈士书写了悼词："民不畏死，奈何以死惧之。"出殡之日，闻一多满怀沉痛走在游行队伍最前列，并撰文《一二·一运动始末记》，大胆地揭露事件真相，号召有志之士继续战斗。

1946年，西南联大开始北迁，在反动派制造的白色恐怖的阴影之下，闻一多为了确保革命工作顺利开展，不顾自身安危坚持留在昆明。7月11日，"抗日七君子"之一的李公朴被反动派暗杀；15日，闻一多不顾危险，公开参加追悼李公朴的活动，并发表了一篇振聋发聩的演讲——《最后一次演讲》。

他慷慨陈词："我们有这个信心：人民的力量是要胜利的，真理是永远存在的！""我们不怕死，我们有牺牲精神，我们随时准备像李先生一样，前脚跨出大门，后脚就不准备再跨进大门！""正义是杀不完的，因为真理永远存在！"

当天下午，闻一多亲自主持《民主周刊》社的记者招待会，进一步揭露李公朴被暗杀的真相。这一行为彻底激怒了反动派，散会后，在回家的路上，闻一多遭到敌人伏击，身中十余弹，不治身亡。

闻一多为革命鞠躬尽瘁，他将一生的热爱全部奉献给了中华民族，最终为了民族独立流尽了最后一滴血。他是浪漫的文人，更是坚毅的战士，是为了理想不惜牺牲自己的殉道者。

如今，《七子之歌》仍在祖国大地回响，愿离家的游子早日回归祖国母亲的怀抱，以告慰先生英魂。

让子孙后代享受前人披荆斩棘的幸福吧!

烈士先驱

第二卷

林觉民　瞿秋白　钟奇
陈延年　陈乔年

致林觉民

你所期盼的新世界已经到来了

"意映卿卿如晤：吾今以此书与汝永别矣！吾作此书时，尚是世中一人；汝看此书时，吾已成为阴间一鬼。吾作此书，泪珠和笔墨齐下，不能竟书而欲搁笔，又恐汝不察吾衷，谓吾忍舍汝而死，谓吾不知汝之不欲吾死也，故遂忍悲为汝言之……"

高中语文课本上，有这样一篇感人肺腑的课文，名为《与妻书》。这是一封普通的家书，却也是一位革命烈士的临终绝笔。它的作者林觉民，是黄花岗七十二烈士之一。仅"卿卿"一语，便包含了万般的爱意和柔情，道尽了英烈的侠骨与柔肠。

（一）

少年不望万户侯

1887年，林觉民出生在福建省闽县（今福州市）南后街的一户书香门第，他的生父林孝恂是翰林学士，曾与康有为同科。他的大哥林长民，留学日本早稻田大学，1925年追随郭松龄反奉，战死。值得一提的是，林长民之女正是民国才女林徽因。

林觉民在幼年时，便被过继给叔父林孝颖作养子。林孝颖是当地有名的廪生[1]，博学多才，爱好诗文，这让林觉民从小就学了许多文化知识。在晚清年间，书香世家仍然

---

[1] 廪生指由公家拨款的科举生员。

——编者注

多以学八股、考功名为人生目标。作为父亲，林孝颖也不例外，希望林觉民早日学有所成，考个好名次，为自己谋个好前程。

林觉民自幼聪慧过人，看书过目不忘，却十分厌恶八股，渴望接受新式教育。十三岁那年，父亲让他去参加童生考试，林觉民不愿意让父亲伤心，便前去应试。然而到了考场上，林觉民内心对新式教育的渴望越发强烈。他清醒地意识到考八股、入仕途并非自己真实的愿望，于是他在试卷上挥笔写下七个大字"**少年不望万户侯**"，便起身离场。作为旧时代的书生，父亲虽然对林觉民的想法不甚理解，但最终还是尊重了他的选择。次年，林觉民考入了全闽大学堂。

全闽大学堂是戊戌维新运动时所建的新式学堂，学校里教授的是西方的民主思想，来这里求学的学子多是热爱平等、自由，渴望民族独立解放的青年，林觉民也不例外。在他看来，当时的清政府已经腐败到了极点，在它的统治下，中国人只能任人宰割，遭受帝国主义列强和封建王朝的双重迫害。他认为自由民主早一天到来，中国就能早一

天走向富强，中国人就能早一天过上幸福平安的日子。

正是因为拥有这种清晰的认识，林觉民在学堂读书时参加过多次学潮，并担任学生领袖。在此过程中，他结识了很多革命党人士，并同他们一起加入了以推翻帝制、走向共和为目的的共和山堂，从此开启了他反封建斗争的一生。林觉民和志同道合的革命志士们一起创办了私立小学，给更多年轻人介绍进步思想，并创办了《警世钟》《天讨》《苏报》等革命书刊，借此讨论时局、针砭时弊，他常说："中国非革命就不能自强。"

1905年春，福州革命党在仓山古榕树书院组建了汉族独立会，提出"为了推翻帝制要积极做好军事准备""举义独立，树全国革命之先声"的主张，要求社团训练壮丁，运动陆军。林觉民作为这项工作的主要负责人之一，热情高涨地投入其中，希望能为推翻帝制贡献自己的一份力量。

同年5月，美国发表了苛待华工条约的"续约"，由此引起国人的强烈反抗。林觉民发表了题为《挽救垂危之中国》的演讲，他慷慨陈词、声泪俱下，呼吁中国同胞共同追寻救亡图存的革命之路。

（二）
爱情是他投身革命更大的动力

林觉民的革命热情十分高涨，林父既欣慰又担心。欣慰的是孩子有志向、有远见、能干大事，担忧的是他在革命事业中万一遇到危险，丢掉性命。于是，林父着手给他安排相亲，希望他心中有了牵挂，在从事革命事业时也能顾惜自己。林觉民和陈意映就是在双方家长这样的安排下认识的。

陈意映在当地也是一名才女，二人初次见面即心生好感，互相被对方的才华所吸引，很快便完婚了。婚后夫妻感情十分融洽，陈意映不但温柔贤淑、通情达理，还对革命事业有着自己独到的见解，可谓和林觉民志同道合。林觉民对陈意映的爱意也越发浓烈，认为对方是自己不可多得的革命伙伴。林觉民在谈到妻子时，曾满怀自豪和温情地说："意映的性情与偏好，都与我相同。这真是一个天真浪漫的女子，此生得之，我何其有幸！"

家庭并没有成为林觉民革命之路上的牵绊，陈意映的支持，反倒给他增添了无穷的动力，令他找到了更多可以去做的事情：林觉民虽然仍然在读书，却也惦记着家乡的孩子们能否得到更好的教育。他和朋友合办了一所小学，给年幼的孩子们传播革命精神、进步思想以及西方的先进文化知识。后来，他又在家中创办了一所女校，动员妻子、堂嫂、弟媳，以及邻里乡亲的女性都来学习，帮她们开阔眼界，鼓励女性自立自强。在林觉民的努力下，这些女性开始不缠足，走出家门，走向社会，甚至来到刚成立的福州女子师范读书，成为这里的第一批学员。

1907年夏天，林觉民从全闽大学堂毕业。当时的先进知识分子大多选择去日本接受更好的教育，期望能够学到更多先进的知识、思想，再回来报效祖国，林觉民也不例外。可正如父亲所期盼的那样，他已然有了家庭，有了牵挂，这样的离别令他心中充满了不舍。但是陈意映是懂他的，纵使万般不舍，她还是坚定地支持丈夫去追求自己的理想和抱负。于是，林觉民远赴日本，预科的日语学习结束后，又于1908年进入庆应大学专攻哲学，并学习了英语和德语。在此期间，他阅读了大量的国外著作，思想境界得到进一步的提升。不久之后，林觉民加入了中国同盟会，成为福建分会的骨干成员。

（三）
我为国牺牲，死一百次也不推辞

加入同盟会后，林觉民的革命意志更加坚定。他听到康有为、梁启超宣传的君主立宪主张，认为这样的做法无法真正解救国人于水火，因此与他们展开了激烈的辩论。在此期间，他撰写了大量的文章，如论文《驳康有为物资救国论》及小说《莫邪国之犯人》，并翻译了《六国宪法》这篇国外作品，有理有据地指出了中国革命必须推翻封建帝制，他的观点非常成熟，说服力极强，得到了许多革命党人的认可。

作为革命者，林觉民铁骨铮铮，有勇有谋，但是面对生活，他心中又有着化不开的柔情。在日本留学期间，林觉民每个暑假都会回到家乡探亲，和父亲、妻子团聚之余，也关心着当地的革命活动进展。

1911年1月，中国同盟会成立了香港统筹部，林觉民得知这个情况后马上回国，在福建召集革命志士，共同参加广州起义。4月上中旬，他多次往返于广州和香港，接应前来参加革命的同志，共同策划起义的准备工作。但是，意想不到的是队伍之中出现了内奸，林觉民他们被清军发现了。

1911年4月24日夜晚，林觉民忽然回到家中。此时距离暑假还有很长一段时间，他谎称学校放"樱花假"，他给同学当导游，带他们来家乡游览，实际上他是来同家人做最后的告别的。他深知父亲、妻子对他的担忧，因此并没有告诉他们自己已经加入革命党，正要参加广州起义的真相，而是想尽一切办法安抚家人，力求兼顾家庭与事业。

然而，作为林觉民的知己，陈意映并非不知道丈夫暗中做的工作，她理解他的远大志向，也知道他不肯说出实情是怕自己担忧。于是，陈意映默默装作毫不知情的样子，配合着丈夫在家中演戏，让他安心去做自己要做的工作。

林觉民不久便回到了革命队伍中。他深知此举的危险程度，于是，夜晚趁同伴们入睡后，独自挑灯，在一条绢帕上分别写下了交给父亲的《禀父书》和给陈意映的《与妻书》。面对父亲，林觉民直言自己不孝，希望他能理解自己为国捐躯的志向，然而对陈意映，他却无论如何也无法用冷静决绝的语言来表达对她的歉意和爱意。他字字温柔、恳切，希望她能明白自己是为了天下人牺牲，为了无数个家庭能得到幸福而牺牲，他将夫妻间的柔情蜜意和国家的前途、人民的命运看作一个整体，只求她不要太难过，希望她和孩子将来能生活在真正自由的天地间。

> 吾平生未尝以吾所志语汝，是吾不是处；然语之，又恐汝日日为吾担忧。吾牺牲百死而不辞，而使汝担忧，的的非吾所忍。吾爱汝至，所以为汝体者惟恐未尽。汝幸而偶我，又何不幸而生今日中国！吾幸而得汝，又何不幸而生今日之中国！卒不忍独善其身……

纸短情长，道不尽心中的不舍，但是为了家国天下，林觉民说："只要革除暴政，建立共和，能使国家安强，则死也瞑目。"

1911年4月27日，林觉民在战斗中受伤被俘；1911年5月3日，在广州天字码头，林觉民英勇就义。他短暂的一生定格在二十四岁，而史书工笔记录得太少，我们连他具体出生在哪一天都无从考证。

林觉民牺牲后，他的两封诀别书被友人带回给他的父亲和妻子。陈意映虽然早已做好了心理准备，却仍然悲痛万分，甚至产生了殉情的念头。但是考虑到两人年幼的儿子，以及自己正孕育的第二个孩子，她打消了这个念头。然而，林觉民的牺牲使陈意映深受打击，两年之后，她也郁郁而终了。

林觉民的家庭从此败落，只剩年迈的父母带着两个孩子流离失所，在他们逃难的途中，还遇到了打劫的强盗。看着被抢走的行李，儿子悲痛万分，道："别抢！别抢！那里面是林觉民烈士的遗书！"听到这话，强盗打开包裹拿出绢帕读了起来,顿时泪流满面。他果断归还了包裹,并将自己身上的一点财物送给了林氏祖孙,让他们好好生活。

不久前,看到过一则新闻:《与妻书》的文物原件已经被找到。那一方薄绢上,承载了太重的爱意。我们再读《与妻书》,感动之余,不由得也会深思:我们终于过上了林觉民所期盼的新生活,那是他和他的战友,和无数的无名英雄用热血换来的。我们更应珍惜当下,替他们去看他们来不及看的新世界,挥洒我们的青春,让这个新世界变得更加美好。

致瞿秋白

我们依然走在您开拓的路上

"1935年,瞿秋白在红军长征途中,因患肺病不能和大部队一起转移而被国民党逮捕。在狱中,他已然知晓自己的命运。面对敌人的严刑,随时有被杀害的危险,他留下了《多余的话》一文。

在那样的环境里,他深刻地剖析了自己的心路历程,字里行间充满着从容的心态和哲学思辨。对于一个文人来说,这是多么高尚的风骨!

他充满眷恋地跟这世间美好的一切告别,给予世间美好的一切最深切的祝福,最后又话锋一转,幽默地写下了一句"中国的豆腐也是很好吃的东西,世界第一"。不知不觉间,沉闷、压抑的感觉就被淡化了,而就连豆腐这样一道寻常吃食都被他誉为世界第一,足以证明他心中对中华民族强烈的自豪感和革命必胜的信心。"

（一）
尽学生天职，谋国家福利

1899年1月29日，瞿秋白出生于江苏省常州市青果巷八桂堂的一户书香门第，因为他头上有"双顶"，父母给他取乳名阿双，学名霜，号秋白。瞿秋白祖上是宜兴望族，但他的父亲生性淡泊，不治家业，家世日渐衰微，时常靠亲戚的帮衬才能勉强度日。但父亲擅长绘画、剑术、医道，给了幼年时期的瞿秋白无微不至的关怀，并教给他许多启蒙知识。瞿秋白的母亲也是一位学识渊博的才女，爱好诗词歌赋，写得一手好字。在瞿秋白幼年时，母亲经常给他和弟弟妹妹，以及邻居家的小孩子讲故事，诸如《聊斋》《孔雀东南飞》《木兰辞》等作品，就连太平天国的故事，瞿秋白也是从母亲的口述中了解的。**这些勇于挣脱封建礼**

教束缚、具有反叛精神的故事对瞿秋白的思想产生了深远的影响，使得他在童年时期，就开始用批判的眼光看待封建帝制。

1905年，瞿秋白被父母送到冠英小学堂上学。这是一家新式学堂，在这里，瞿秋白开始系统地接受新式教育。五年后，他升入常州府中学堂，在这里识了革命挚友张太雷。两个人相见恨晚，经常在一起谈论家国天下之事。但他们的教书先生是个推崇守旧思想的秀才，对他们的文章大加批驳。然而，这并没有影响瞿秋白和张太雷追求进步的热情，瞿秋白甚至在先生的批语后再加上自己的批语，反驳老师的封建思想。

1911年，孙中山领导的辛亥革命成功推翻了清王朝的统治，瞿秋白和张太雷内心十分喜悦，回家后不约而同地剪了辫子，以表推翻封建帝制、追求民主自由的决心。然而，辛亥革命的胜利果实却被袁世凯窃取，于是，在家家户户欢度"国庆"的时候，瞿秋白却糊了一个白灯笼，满怀悲愤地写下了"国丧"二字。妹妹对他的举动很是不解，**他激愤地解释道：**"中华民国已经名存实亡了，还有什么可

'庆'的呢？"虽然当时的瞿秋白只有十三岁，但是能有如此见解和气魄，不得不令人钦佩！

瞿秋白家一共有兄妹六人，随着他和弟弟妹妹们逐渐长大，生活也变得越来越拮据。1915年，瞿秋白原本要完成中学最后一个学期的学业，却不得不因为贫困而选择辍学。万般无奈下，他经人介绍，在无锡一家小学当教师，以此补贴家用。然而，杯水车薪，母亲甚至在他离家不久后因为被人催债而失去了宝贵的生命。这是留在瞿秋白心中永远的一道伤口，他明白，如果民族不能独立自强，让人们真正获得平等自由，过上好日子，那么像自己家这样的悲剧，就还会在无数旧社会的贫苦人家中上演。为此，他踏上了不断追寻救亡良方的道路。

1917年，瞿秋白考上了北京俄文专修馆，这里不收学费，他终于可以放心地读书了。瞿秋白非常珍惜这个来之不易的机会。在这里，他读遍了一切有关新文化的杂志，认真学习俄文、哲学，他的思想也发生了巨大的转变，开始以更深刻的角度来思索社会问题和个人命运。

1919年，瞿秋白积极参加"五四运动"，和同学们组成了演讲"十人团",大力宣传进步思想,抨击封建落后的观念,同时,他还主持创办了进步刊物《新社会》,在当时的北京引起了巨大的反响。

瞿秋白抓住一切可以学习的机会求进步。1920年3月,他参加了李大钊、邓中夏等人创办的"马克思学说研究会",学习《共产党宣言》等著作,他的思想得到进一步的提升。为了更好地了解马克思主义思想的真谛,当年9月,瞿秋白应聘为北京《晨报》的记者,不久后,便得到去俄国实地考察、学习的机会。

(二)
对社会主义的最初憧憬

1921年1月,瞿秋白终于抵达了莫斯科,这趟"赤都之旅"使他获益匪浅。

抵达莫斯科后，瞿秋白首先见了全俄华公会的二百名华工代表，与代表们的交流讨论让他对俄国当地的社会主义发展有了初步的了解。接着，他获得了采访卢那察尔斯基的机会。卢那察尔斯基是俄国著名的文学理论家、教育家，他讲解的俄国与东方民族共同命运等观点，令瞿秋白眼界大开，非常佩服。此后，瞿秋白一直关注俄共"十大"后确立的新经济政策。他亲眼见证了莫斯科当地的贸易自由，让百姓们享受到了真正的实惠。共产主义为国家发展、人民生活带来的生机与活力，令他不由自主地赞叹道："俄国革命是一部很好的参考书呵！"他非常迫切地渴望在自己的家乡——中国，百姓也能实现独立自主、安居乐业。

同年5月，瞿秋白遇到了昔日的同窗好友张太雷。此时，张太雷已经在莫斯科共产国际工作多时，经他介绍，瞿秋白正式加入了俄国共产党。6月，他以记者的身份参加了共产国际第三次代表大会，并获得了与列宁同志交谈的机会。列宁的深刻思想对他启发良多，他越发迫切地渴望能在中国实现共产主义。

作为一个文人，瞿秋白深知教育对思想启蒙的重要作用。在俄国工作、生活期间，他想到了复杂的繁体字不利于在民众间普及。受到俄国扫盲工作的启发，他开始研究汉字拉丁化的可能性，尝试对汉字做出改革。这项举动在当时的中国社会中是一项创举。

1922年，瞿秋白正式加入了中国共产党，并在陈独秀代表中国共产党访问莫斯科时担任翻译工作。相处中，陈独秀见识到了他的工作能力和深厚见解，并于当年12月邀请他回国工作。陈独秀的邀请令瞿秋白非常激动，他远赴俄国采访、学习，就是为了有朝一日能报效祖国。一腔热血在这个年轻的书生心中燃起，他即刻随陈独秀启程，回到了自己热爱的故土。

1923年1月，刚回国不久的瞿秋白将《国际歌》翻译成中文。他深知语言文字的魅力，以及歌谣在广大劳动人民中传播的效力之大，较之晦涩的理论，简单的歌谣更容易被大众所理解和接受。《国际歌》在中国广袤的土地上迅速传唱起来，不管人们识不识字，马克思主义思想都以歌谣的形式广为传播，起到了良好的宣传普及作用。在此基础之上，瞿秋白又进一步翻译了斯大林所著的《论列宁主义基础》中的《列宁主义概述》部分，并撰写了很多介绍列宁、共产国际纲领与策略、国际共产主义运动史等方面的文章，向当时的人们积极传递共产主义思想，提高人们的思想觉悟。

此外，瞿秋白还从事了大量的教育工作，担任过上海大学社会学系主任，给学生们介绍新思想，以及国外的文学、哲学作品，他希望能够把上海大学办成南方的新文化运动中心，让先进的思想普及到每一个青年学子心中。1926年，中国新文字第一次代表大会召开，制定中国新文字方案。这次会议所使用的正是瞿秋白在俄国时研究的《中国拉丁化字母》这一成果。瞿秋白以文人独特的视角看待文化、思想的普及工作，对社会主义思想在中国的广泛传播做出了巨大的贡献。

（三）
既是革命领袖，也是文化战士

自1925年中共"四大"开始，瞿秋白就进入了中国共产党的领导核心，参加了多次战役和反帝运动。同年5月，为镇压举行反帝游行的爱国学生和工人，英国巡捕在上海制造了震惊中外的"五卅惨案"。中共中央立刻决定让瞿秋白、蔡和森等人建立反帝统一战线。瞿秋白在《热血日报》担任主编，他在发刊词中慷慨激昂地写道："创造世界文化的是热的血和冷的铁，现世界强者占有冷的铁，而我们弱者只有热的血；然而我们心中果然有热的血，不愁将来没有冷的铁，热的血一旦得着冷的铁，便是强者之末运。"以此来鼓励更多的人参与到反帝斗争当中。

1926年10月至1927年3月，在共产党的领导下，上海工人先后举行了三次武装起义，并获得了一定的胜利。瞿秋白心中非常高兴，但他并没有被喜悦冲昏头脑，而是非常清醒地说："革命前途光明，但道路不是一帆风顺的。"

提醒革命者们要居安思危。1927年8月1日,他参加了南昌起义,打响了武装反抗国民党反动派的第一枪;当月,他和李维汉在汉口主持召开八七会议,清算了陈独秀的右倾错误,确立了土地革命和武装反抗国民党反动派的总方针,在危急关头挽救了党和革命。1928年6月,瞿秋白在俄国出席中共"六大",他满怀信心地表示:"六大,一定能够纠正一切错误倾向,使党走到正确路线上来,完成中国革命和世界革命的伟大任务。"此后,他长期担任中国共产党驻共产国际的代表团团长和共产国际执行委员,并协助共产国际指导中国共产党的工作。

1930年,瞿秋白被解除共产国际组织的职务。回国后,他并没有气馁,而是迅速全身心地投入上海左翼联盟的文化活动中,与鲁迅并肩作战。**中途改换战场,他相信自己一样可以发光发热**。在瞿秋白和鲁迅的共同推动下,中国左翼文坛欣欣向荣,蓬勃发展,在当时为中国知识分子提供了大量的革命文学。作为一个文化战士,他发表了大量介绍马克思主义的文章,并编译了《"现实"——马克思主义文艺论文集》(又名《现实》)一书,这是中国翻译、介绍马克思主义文艺思想历程中的一座丰碑。他还参与了上海明星电影公司的相关工作，成立了中国共产党领导的最早的电影小组，为革命宣传工作培养了大批电影界的专业队伍。

1934年，瞿秋白前往中央苏区瑞金担任中央教育人民委员，兼任国立苏维埃大学校长。他在任期间，克服重重困难，领导苏区的教育事业蓬勃发展，共建立三千多所小学，让十万名适龄儿童入学接受教育，实现了苏区的扫盲和文化普及。看似一个文弱书生，瞿秋白却完成了这样一项壮举，正如他常借用鲁迅的话鼓励自己和大家：**"路，是走出来的！"**

但不幸的是，在红军长征被迫转移离开苏区时，瞿秋白因为身体原因选择留守。1935年2月，在留守人员从瑞金向福建转移的途中，瞿秋白被国民党反动派逮捕，关押于长汀监狱。在狱中近三个月里，瞿秋白仍然坚持写作，用文人的方式和敌人继续斗争。1935年6月18日，瞿秋白被押送到长汀中山公园行刑。他徒步至刑场一片草坪上，淡然地说："此地甚好。"说罢，便高唱着《国际歌》

英勇就义了。

　　瞿秋白就义时年仅三十八岁，他定格在史书上的印象，永远是背着手、一脸从容淡定的模样。作为革命领袖，他对党和国家尽到了自己的忠诚；作为一名文人，他终生笔耕不辍，在华夏大地上洒满了思想启蒙的种子。

　　如今，我们生活在和平年代，更应当感谢前辈为我们拼搏而来的幸福生活，尽自己所能，将他们未来得及看到的新世界建设得更加美好。

致陈延年、陈乔年

—— 延乔路的尽头是繁华大道

❝ 2021年2月，电视剧《觉醒年代》播出，感动了无数观众。各大网络平台上至今仍有着广泛的讨论。有人说："世人只知陈独秀，不知其子亦是龙。"这位网友说的正是陈独秀的长子陈延年、次子陈乔年。

在历史课本上，我们很少看见这兄弟二人的身影，但他们为中国革命事业抛头颅、洒热血，燃烧了最美好的青春年华，奉献出最宝贵的生命。❞

（一）

质疑父亲，理解父亲，追随父亲

1902年9月2日，陈乔年在安徽省安庆市怀宁县出生，他是家中次子，哥哥陈延年于1898年8月出生，比他大四岁。父亲陈独秀投身革命，常年在外工作、学习，很少回家，陈乔年的童年时光，几乎全都是跟母亲、哥哥一起度过的。都说长兄如父，陈延年从小就对陈乔年十分照顾，而陈乔年也一直将哥哥视为自己的榜样，无论做什么事都希望自己能像哥哥那样优秀。五岁时，陈乔年进入当地私塾读书。年幼的他虽然活泼好动，但看到哥哥每日手不释卷，便也明白了学习的重要性。他开始认真读书，不久后就成为班级里的"学霸"。后来，兄弟俩又入读了新式学堂，接受了很多新思想的教育，年幼的心灵中不知不觉地生出了爱国爱民的思想萌芽。

年少时期，对于父亲陈独秀，兄弟俩最初是充满怨言的。且不说陈独秀与继母高君曼再婚，让兄弟俩感觉被抛弃、为母亲鸣不平，单是成长过程中父爱的长期缺席，就已经让他们对父亲产生了隔阂，他们不知道这个一年也见不上几面的父亲到底在做些什么。直到经历了一次惊险万分的逃亡，才让陈延年和陈乔年真正认识了父亲的伟大。

1913年8月末，陈延年和陈乔年带着只有三四岁大的弟弟陈松年暂住在叔父家里。当时已经是深夜，一伙敌兵忽然闯入，打破了夜晚的宁静，他们要追杀的正是陈独秀的家属。陈延年和陈乔年得到消息，立马带着年幼的弟弟翻墙躲上屋顶，不料，陈松年却掉进了邻居家院子中的大浴盆里。兄弟俩心急如焚，幸亏邻居阿姨灵机一动，装作要给自家哭闹的孩子洗澡的样子，才帮兄弟三人逃过一劫。

逃出后，陈延年、陈乔年迅速离开县城，躲到乡下的亲戚家。他们没有办法继续去学校上学，但对知识的渴望却更加强烈。兄弟俩通过各种方式找书来读。在这个过程中，他们逐渐了解到遭此劫难是因为父亲在"讨袁革命"中失败。原来，父亲常年离家是为了革命，这是一项伟大的事业。为了改变封建落后的旧中国，为了让中国人将来能过上好日子，父亲牺牲了陪伴家人的机会，甚至早已将生死置之度外。受书本中进步思想的启发，以及父亲革命热情的感染，兄弟俩决定去上海求学，学得一身真本领来报效祖国。

1915年，兄弟俩来到上海，住进父亲在上海的家里。正是这段时间的近距离接触，让他们对父亲所谓的"革命"有了更深刻的认识。同年9月，陈独秀在上海创刊了《青年杂志》(后改名为《新青年》)。在创刊词中他写道："青年之于社会，犹新鲜活泼细胞之在人身。"陈独秀将青年人对中国社会巨大的作用和艰巨的责任说得淋漓尽致：中国青年应当是"自主的而非奴隶的、进步的而非保守的、进取的而非退隐的、世界的而非锁国的、实利的而非虚文的、科学的而非想象的"。父亲的这番主张在陈延年、陈乔年的心中造成了极大的震撼，他们清楚地认识到：只有思想进步，才能让中国人团结一致，而青年人的思想变革是中国

革命获得胜利的关键所在。 于是，兄弟二人开始更加积极地投入到学习中。

（二）
由无政府主义转向共产主义

只有经历过最真实苦难的人，思想才会真正成熟。在上海求学期间，为了真正独立，陈延年、陈乔年并没有和父亲生活在一起，他们只拿了极少的生活费，其余的全靠自己勤工俭学。当时社会环境极差，想要找到工作并不容易，兄弟俩只能在码头做苦力。之前的生活虽然算不上锦衣玉食，但也比寻常百姓富裕，这次在码头做搬运工，陈延年和陈乔年切身体会到了当时中国最底层劳动人民的艰辛。他们经常看见被资本家欺辱、殴打的民工，每当此时，就会默默地帮挨打的民工承担艰辛的工作。他们半工半读，寄居在《新青年》发行所的店堂里，没钱买床就睡地板，到了寒冷的冬天，甚至连一件棉衣都买不起。尽管被冻得瑟瑟发抖，兄弟俩却依然坚持在工作之余拼命学习，并于1917年双双考上了震旦大学[1]。1919年陈独秀被调往北京工作时，兄弟俩决定不随父亲迁居北上，坚持留在上海完成学业。

受当时的老师吴稚晖的影响，陈延年和陈乔年早期信奉的是无政府主义。为了进一步钻研这种理论，兄弟二人来到它的思想源头法国深造。但是在学习过程中，他们越来越清楚地发现其弊端，并通过俄国十月革命的成功经验了解到共产主义理论，被其魅力和深刻的思想内涵所吸引。在勤工俭学的过程中，兄弟俩与周恩来、赵世炎、蔡和森等进步青年结识，在他们的帮助下，开始深入学习马克思主义理论。与此同时，陈独秀和李大钊共同创办了《每周评论》，宣传马克思主义思想，父子三人终于走到了同一条

---

[1] 创办于1902年，是复旦大学的前身。

——编者注

救国救民的道路上。

1921年7月中共"一大"召开，不久后的秋天，陈延年和陈乔年正式加入中国共产党，从此开始了作为共产主义战士的革命生涯。

1923年4月，党中央派陈延年、陈乔年、赵世炎等人前往莫斯科东方劳动者共产主义大学学习。这一次，他们终于不用半工半读了，可以将全部的时间都用在学习上，这让兄弟俩欣喜若狂。他们格外珍惜这次来之不易的机会，如饥似渴地学习马克思主义理论，希望用扎实的理论知识报效祖国。学习之余，陈乔年和同学萧子璋一起将《国际歌》翻译成了中文[1]，这首鼓舞革命者斗志之歌首次有了中文版本，同学们立刻传唱了起来。陈延年尤其喜欢开头几句：

---

[1] 这是《国际歌》最早的中文译本，现在流传较广的是在瞿秋白1923年译本的基础上稍做改动的版本，两版歌词有些许差别。

——编者注

起来,受污辱咒骂的人,起来,天下饥寒的奴隶,一腔热血已经沸腾,要为真理而斗争!旧世界破坏个彻底,新社会创造得光华,奴隶们起来起来!莫道我们一钱不值,从今要普得天下!

歌词唱出了他心中最强烈的愿望,他愿意用自己全部的青春和热血为了这个理想而奋斗!

(三)
一次工作调动竟成兄弟永别

1924年,第一次国共合作正式形成,国内革命形势发生巨大的转变,共产党急需大量的领导干部领导革命。陈延年在这一年9月接到命令,紧急调回国内,一个月后,他去往广州,以中央特派员的身份参加团粤区代表会议,主持团粤区执委改组工作。自此，陈延年一直留在广东工作。

送哥哥回国时，陈乔年心中万般不舍，从他出生起，兄弟俩相互扶持、相互陪伴奋斗了二十几年的光阴，这是他们第一次分开。他还记得在上海打地铺时，某天深夜哥哥问他："如果有一天，我走了一条随时会要命的路，你会一起吗？"当时，他毫不犹豫地回答："哥，你去哪儿，我就去哪儿，你不怕，我也不怕！"

如今他们正走在这条路上，他希望能一直陪在哥哥身边，便开口道："哥，我跟你一块儿回国吧！"陈延年却说："任何时候，你都要服从组织安排，不可感情用事，切记！"

哥哥的话仿佛让陈乔年在一瞬间真正长大了，这一刻他忽然意识到：自己不再是那个需要哥哥照顾的小男孩了，作为一个成熟的革命战士，哥哥可以独立完成的工作，自己也可以。既然已经投身革命，就应该服从组织安排，在自己的岗位上发光发热。

在车站，兄弟俩都是万般不舍，他们深深地看着彼此，仿佛想把对方的模样刻进自己脑子里。泪水猝不及防地就滑落下来，他们无论如何都没有料想到，此次一别，竟是诀别。

与哥哥分别之后，陈乔年开始真正独当一面，年底他接到组织的命令，回国担任北京地方执行委员会组织部长，在李大钊的领导下，展开了如火如荼的革命工作。帝国主义和北洋军阀种种的倒行逆施，导致国内社会环境比兄弟俩去留学前还差，百姓民不聊生，艰难度日。回国后就看到这样的现实状况，陈乔年悲痛不已，于是他顶着巨大的压力积极负责开办印刷厂，进行革命宣传教育工作，引导广大人民群众参与到革命斗争中。在北京，陈乔年和李大钊、赵世炎一起领导了多次重大斗争。"三·一八"惨案时，他身受重伤，却依然坚持指挥群众安全撤离，伤还未愈，就又投入到工作当中。

与此同时，陈独秀、陈延年也同样在祖国的不同地区坚守着各自的岗位。中共"五大"上，父子三人同时当选为中央委员，一时间，"陈家一门三委员"传为佳话。但是，随着时间的推移和对革命形势的不同认识、判断，兄弟二人逐渐与父亲产生了政见的分歧：陈独秀主张联合国民党，陈延年和陈乔年则主张武装夺取政权，认为父亲的右倾机会主义会给党带来巨大的损失。陈延年更是公开对父亲表示反对和批判："我与老头子（陈独秀）是父子关系，但我是共产党员，我坚决反对妥协退让的右倾机会主义错误。"相对于哥哥的严肃，陈乔年的性格更为温和，他在亲情和工作中间努力调和哥哥与父亲的关系。

1927年4月，国民党发动了"四·一二"反革命政变。在白色恐怖的阴影之下，时任中共江苏省委书记的陈延年前往上海，寻找失散的同志，准备恢复和重建党组织。6月26日，陈延年不幸被捕。敌人为了得到上海党组织的机密对他用尽酷刑，却一句话都没得到。1927年7月4日，敌人将陈延年押送到上海龙华刑场，陈延年没有丝毫恐惧，高喊着**"革命者光明磊落、视死如归，只有站着死，决不跪下"**的口号，在敌人的乱刀之下英勇就义。他牺牲时，只有二十九岁。

（四）
"让子孙后代享受前人披荆斩棘的幸福吧！"

担心陈乔年接受不了哥哥的死讯，没人敢把这件事告诉他，然而这么大的消息，报纸上早就有了铺天盖地的报道。从报上读到这个噩耗，陈乔年难以置信，虽然知道革命的危险，但是在他无数次的设想里，牺牲的都是自己，哥哥则会代替自己在新中国好好生活。

"你还有那么多事没做完，哥，你最不应该死！"撕心裂肺地喊出这句话后，陈乔年悲痛地晕了过去。他为此大病一场，原本开朗的他也变得沉默寡言。他一直思索着兄弟俩决心做的事，哥哥未完成的，现在将由自己去替他完成。

陈乔年开始更严肃、更深入地思索革命路线问题。哥哥的死已经证明了他们所选择的路是正确的，反而是父亲陈独秀的主张，真正给党造成了严重的损失。

在一次去看望父亲的过程中，他们难免地由家事讨论到了政事，一向对父亲敬爱有加的陈乔年第一次忍不住对父亲发了火："爸爸，你过去执行的路线和政策是错误的，你现在对中国社会性质的看法也是错误的，不能把革命的希望寄托在资产阶级身上，党应有自己的武装，走苏维埃武装夺取政权的道路，中国革命才有希望。"

陈延年的牺牲亦是陈独秀心中一道永远无法愈合的伤口，听陈乔年再次说起这个严肃的问题，他一时间哑口无言，甚至有些恍惚：乔年和他哥哥太像了。他已经从儿子决绝的口气中听出了他的决心：和哥哥一样，做好了随时牺牲的准备。

作为党的重要领导人，陈独秀欣慰年轻人长成了独当一面的英雄，也敬佩儿子直抒己见、敢于顶住他人怀疑的压力坚持自己的观点；但是作为一个父亲，他实在不敢想象，自己可能会再失去一个儿子。

1927年冬天，陈乔年服从组织命令被调往上海，来到哥哥生前战斗过的地方，担任中共江苏省委组织部长。1927年8月7日，"八七会议"召开，陈乔年在会议上公开批判了父亲的错误观点："我的父亲陈独秀同志执行的错误路线，导致的后果是严重的，不仅使大革命失败，党受挫折，而且也使我哥哥延年和李大钊、赵世炎等一批共产党人惨遭敌人的杀害，这是血的教训，切切不可忘记。对国民党反动派只有做坚决的斗争，不能存在任何的幻想。"当众批评自己的父亲，陈乔年心里是痛的，他固然无法割舍亲情，但是在革命如此严峻的形势下，他必须坚持正确的立场，做正确的决定。

1928年2月16日，陈乔年在英租界北成都路刺绣女校秘密主持各区委组织部长会议，因遭到叛徒告密不幸被捕。在狱中，他受尽了非人的折磨，却依然乐观地鼓励一同被关押的战友们："如果能活着出去，一定不要忘记坚持革命。"

敌人无法从陈乔年口中得到他们想了解的机密，从而决定杀害他。战友们问陈乔年有什么想留给党和家人的遗言，他从容地回答："**对家庭毫无牵挂，对党的尽力营救，表示衷心感谢。**"对革命，陈乔年仍然是乐观的，他相信党必然会获得胜利，中国人民必然获得解放。他留给战友们最后一句话："让子孙后代享受前人披荆斩棘的幸福吧！"

1928年6月6日,年仅二十六岁的陈乔年倒在了哥哥遇难的同一个刑场上。临刑前,他拼尽最后一丝力气高声喊道:"共产主义万岁!"他仿佛已经看到胜利的曙光洒向了祖国大地,哥哥陈延年正在胜利的彼岸迎接他。

陈延年担心无法兼顾革命和家庭终身未婚,陈乔年则在1926年和史静仪结婚,育有一个儿子和一个遗腹女。不幸的是,为了营救陈乔年,史静仪疏于照顾,年幼的儿子染病早夭;女儿陈鸿出生后寄养在朋友家,却因为战乱而与生母失去了联系。后来,史静仪再婚了,但始终没有放弃寻找女儿陈鸿的下落,可惜的是直到生命的最后一刻,母女二人也未能相见。

史静仪再婚后生的女儿为了完成母亲的遗愿,历经千辛万苦终于找到了同母异父的姐姐。相见时,陈鸿已经是一名新四军离休干部。作为革命者的后代,她继承了伯父和父亲的遗志,成了一名坚定的革命战士。令人惊喜的是,陈鸿的五个子女中,有两个女儿长相酷似陈乔年,一子一女像极了陈延年。他们的存在,仿佛是对兄弟俩生命的延续。

陈延年和陈乔年的一生非常短暂，史书对于他们的记载少之又少，甚至连他们的照片都是从同学合照中截取出来的。但是永远有人铭记他们：2013年，安徽省合肥市的一条小路正式被定名为"延乔路"。路名规划执笔人张维端先生说："兄弟两个人形影不离、情同手足，最终也牺牲在同一个地方。就叫延乔路吧，让他们永远不分开。"

延乔路的尽头是繁华大道。

陈延年、陈乔年，你们看到了吗？因为有了你们曾经披荆斩棘的开拓，我们如今真的走在了通往幸福的繁华大道上。

致钟奇

——重庆的天亮了,你看到了吗?

"   曾经看到过一句话："最难走的路不是陌路，而是天人永隔。"虽然心里明白，生离死别可谓是人生当中最重要的事，然而正值盛年，我并未真正体会过这句话的分量到底有多重。直到我偶然看到了他——

    钟奇，一个鲜少有人知道的名字，一个原本风华正茂的年轻才子，一个隐姓埋名、被人误解的地下工作者，一个牺牲在重庆解放号角吹响前一天夜里的革命者。

    牺牲时，他才二十七岁。"

（一）
他知道，自己身上流着革命者的血液

钟奇本名钟鹏飞，1922年出生在湖南省醴陵市官庄镇瓦子坪村的一户穷苦人家里。他的父亲钟伟续原本是一名乡村教书先生，后来参加了红军，上了井冈山，常年不在家中。年幼的钟奇和母亲相依为命，过着清贫的生活。后来，父亲牺牲在"反围剿"的战斗中，曾经被他狠狠教训过的当地乡绅恶霸得知这个消息后，便来报复这对孤儿寡母。母亲只好带着七岁的钟奇，在亲戚的帮助下逃离家乡，到几十里外的一户邹姓地主家中以做女佣为生。

虽然生活拮据，但母亲一直想尽办法让钟奇接受教育，最终她跟雇主商定，让钟奇给雇主家的孙子当陪读，学费从她的工资里扣。母亲常常教育钟奇，**不要忘记自己是革**

命者的后代，身体里流着革命者的血液，一定要好好读书，继承父亲遗志，报效祖国。钟奇非常珍惜这个来之不易的学习机会，他遵循母亲的教导，勤奋刻苦，哪怕母亲负担不起他上中学的学费，也想办法借书来读、找机会蹭课听，学了不少知识。

1937年，抗日战争全面爆发，全国各地无一不被炮火与硝烟所笼罩。母亲的教导、父亲的遗志，以及对敌人的仇恨，燃起了钟奇精忠报国的强烈愿望。十七岁那年，他决定离开家乡，为抗战贡献自己的一份力量。

离开家乡之后，钟奇来到了湖南省衡阳市，因为能认字、有学问而被一个刻字师傅收为学徒，一边打工，一边继续学习。师傅喜欢这个上进的年轻人，对钟奇十分照顾。一次，师傅带钟奇出去吃饭，将他介绍给一位报社工作人员认识，钟奇毛遂自荐去报社当记者。起初，报社担心他没有接受过系统教育，无法胜任记者工作，便婉拒了他的申请，但钟奇并不气馁，长久的坚持使他终于被广西桂林报社录用，成功从刻字工人转行成为报社记者。钟奇觉得自己终于找到了施展抱负的机会。

不久后，"桂林保卫战"爆发了，钟奇认为应该充分利用报纸的作用，报道一线的战况，宣传抗日思想。但是他所在的报社不敢报道抗日的新闻，甚至有一些记者做了汉奸，这令钟奇感到非常愤慨。**他不屑与汉奸为伍，愤然辞职**，几经辗转来到重庆，在《扫荡报》任职。

《扫荡报》在抗日战争时期，报社坚持宣传抗日，并积极参与有关抗日的活动。钟奇在这里认识了许多志同道合的同僚，一起为后方人民报道前线战况，传达抗战精神，记录战争中的残酷与温情。钟奇虽然基本上是靠自学成才，但他的文字功底极好，写出的文章言辞犀利，直击要害，报社总编对他大加赞赏，让他开设专栏进行报道。钟奇因此得到了深入战争一线的机会，亲眼见证了抗日前线战士们的艰辛和坚毅，他们的舍生忘死更加坚定了钟奇宣传抗日的决心。

（二）
他走上了最孤独的战场

抗日战争结束后,《扫荡报》改名为《和平日报》。随着内战爆发，作为国民党军报，这份报纸上开始有越来越多抹黑共产党的新闻内容。抗战期间，钟奇在前线采访时，结识了不少共产党的同志们，他们为国为民的思想、艰苦朴素的作风深深感染了钟奇，他明白这个组织并不像报纸上写的那样。钟奇对国民党颠倒黑白的说法、做法深恶痛绝，再加上年少时父亲的影响，**他越发渴望加入共产党，为祖国和人民做贡献。**

1945 年，钟奇在国统区的一个记者招待会上，得到了采访周恩来同志的机会。与周恩来同志的结识，让他终于有了加入中国共产党的机会，成为进步团体"民主实践社"的一员，为贵州党组织做联络工作。这让钟奇感到格外振奋，他终于加入了父亲曾经为之抛头颅洒热血的组织，他的一腔报国志和写作才能也有了用武之地。

钟奇本想离开《和平日报》，但组织极其相信他的写作才华，给他布置了一个特殊任务——1946年，安排他利用记者身份继续在《和平日报》报社做卧底，打入敌人内部。钟奇毅然接受了这份任务，它是光荣的，但同时也是艰难的、危险的、孤独的。甚至连亲近他的朋友都不理解：抗战结束后，国民党的恶行日渐暴露，钟奇这样一个爱国志士怎么能继续待在他们开办的报社呢？朋友说起他的决定，甚至愤怒地用了非常难听的字眼：臭气熏天。面对朋友的误解，钟奇只是笑笑，从不给自己辩解，也不谈将来的打算，继续默默完成自己身为地下工作者的艰巨任务。

这份地下党工作，钟奇一坚持就是三年。表面上，他在《和平日报》为国民党军政要员做采访、写报道，暗中却将收集到的情报传递给革命同志。工作之余，他还化名"程岚"，在其他报刊上大量投稿，揭露国民党反动派的丑恶行径，让更多的人看清内战的真相。他曾在一篇名为《雾重庆》的文章中写道：

令我们窒息的是另一种人为的黑雾，是那种荒淫、无耻、丑恶、奢放的行为。努力吧！让我们突破层层人为窒息的浓雾，寻取秋天的春天。

他呼唤人们冲破黑暗，寻找真正的光明和自由。

钟奇一如既往的好文笔、深刻的思想、不畏强权的风格，让"程岚"收获了大量忠实读者，其中就包括他的爱人萧德琪。萧德琪倾慕钟奇的才华，每次看到他发表的文章都要剪下来做成剪报，二人渐渐取得联系，感情也逐渐升温。但钟奇知道自己肩负的使命，责任重大且异常危险，他不愿意拖累萧德琪，因此，即便爱得刻骨，对这段关系也十分克制。

直到1949年8月，看到了解放战争全面胜利的希望，憧憬着新中国的成立和未来的幸福生活，钟奇才敢与萧德琪结婚。虽然夫妻琴瑟和鸣，但战争彻底胜利前，钟奇仍然十分谨慎，偶尔萧德琪与他谈论起对国民政府的不满，他都不置可否。

尽管钟奇很想告诉一生挚爱，自己是一名光荣的共产党员，很想跟她畅谈那些志同道合的思想理念，但他实在担心自己的卧底身份暴露，既连累了新婚的妻子，又辜负了组织的期望。**这条艰难的地下工作之路，他始终都在独自负重前行。**

（三）
牺牲在黎明

1949年10月，刘伯承、邓小平率领第二野战军向贵州挺进。此前，钟奇发表过一篇名为《失踪》的文章，言辞犀利，内容老辣，犹如利剑一般直指国民党反动派的心脏。这篇文章在社会上引起了强烈的共鸣，也令国民党注意到了这个叫"程岚"的人，开始追查起来。

钟奇在重庆的行踪可能已经暴露，组织安排他以去贵州公开采访为由暂避风头，并带一部电台，去接应解放大军。钟奇接到任务后，迅速收拾行装，跟刚怀孕没多久的妻子告别，但因为贵州地下党组织遭到破坏，叛徒的告密使敌人最终确定，钟奇就是他们追查已久的"程岚"。

在钟奇出发前夕，敌人闯进家中逮捕了他，并将他关押在重庆枣子岚垭136号看守所，这里和白公馆、渣滓洞等集中营一样，堪称人间炼狱。今天我们已经无法得知钟奇在狱中受到了怎样非人的折磨，但是能够确定的是，钟奇在狱中始终坚称自己只是一个普通的记者，关于党的机密，他一个字都没有透露。

1949年11月29日夜里，钟奇和战友们在狱中听到了解放重庆的炮火声，胜利即将到来。但是钟奇清楚地意识到，自己的生命也即将进入倒计时。

恼羞成怒的敌人自知无力回天，便将怒火全部发泄在了这些"犯人"的身上，三十一名地下党工作者被敌人带到重庆歌乐山松林坡刑场残忍杀害。钟奇等人因为高喊"解放重庆"等口号而遭到机枪扫射。钟奇身中二十七弹，倒在了太阳升起前的黎明。几小时后，解放的号角响彻重庆的天空。

萧德琪说什么也不明白，丈夫究竟得罪了什么人，为什么会被莫名其妙抓走。她到处托关系打听钟奇的下落，却苦苦寻找丈夫无果。相熟的人心疼萧德琪怀着身孕四处奔波，纷纷劝慰她。然而，解放一个月后，萧德琪等到的，只有丈夫的死讯和一封写给她的诀别书。

德琪：

　　不要哭，眼泪洗不尽你的不幸，好好教养我们的孩子，使他比我更有用，记住，记住！我最后仍是爱你的，还有一宗，你一定要再结婚，祝福我挚爱的贤妻。

程岚

1949 年 11 月 29 日

　　这封诀别书是钟奇在临刑前想尽办法找来了一个烟盒和一小截铅笔头，用受了重伤、颤抖的手写给妻子萧德琪的。**对祖国，他尽职尽责，无怨无悔；对挚爱的妻子，他至死爱得深沉、真切**。但也正是因为爱，才希望她在新世界能有属于自己的幸福生活。

　　最难走的路不是陌路，而是天人永隔。这条路是跟挚爱诀别的阴阳路，但也是一条舍生取义的报国路，钟奇明知此去即是生死两茫茫，却依然选择了前行。

萧德琪给儿子取名为钟晓岚，并遵循了钟奇的遗愿再嫁，好好将孩子抚养长大。"岚"是钟奇的笔名，是萧德琪对二人相识的纪念；而"晓"则寄托了她最想对钟奇说的话：**重庆的天终于亮了，你看到了吗？**

钟奇的一生非常短暂，只有二十七年，可这短短二十七年所承载的意义，却让钟晓岚追寻了一生。他知道自己的亲生父亲是革命烈士，但又对这位亲生父亲感到太陌生，只能从母亲收藏的剪报里窥见一丝父亲当年的风采。从青丝探寻到白发，钟晓岚终于从旁人口述的各种碎片式回忆中拼凑出了属于父亲的完整一生。

哪有什么岁月静好，只不过是有人在替我们负重前行。在那个年代，为了建立新中国，有太多像钟奇这样的人牺牲在了黎明前的黑暗中。"舍小家为大家"六个字概括得了他们的奉献精神，却不足以表达后来人对他们的缅怀和感激。我们能做的唯有铭记，记得他们曾来过这世界，记住他们为什么匆匆离开人间，带着他们那份心愿，继续前行。

人就像一颗种子,
要做一颗好种子。

科技之光

第三卷

颜福庆　　王承书　　刘华清
袁隆平　　南仁东

致颜福庆

今天,祖国的医疗事业越来越好了

曾经看过这样一段纪录片：上海医学院创始人颜福庆的长孙颜志渊在复旦大学人体科学馆，站在一对双胞胎胚胎的标本前，回忆道："上世纪五六十年代，我爷爷颜福庆带我到学校里来，到了解剖实验室，指着这个瓶里的两个标本对我讲，这就是你的两个姐姐，我把她们捐给了学校。我想起他的遗愿，等他百年以后，也要把遗体捐给学校做解剖。"

不是医学领域的人，可能会对颜福庆这个名字感到陌生，他是我国著名的医学泰斗，被称为"中国现代医学之父"。他将自己的一生都奉献给了祖国，乃至临终时，还希望捐献自己的遗体，供医学研究使用。但是他最大的愿望，成了毕生最大的遗憾。

（一）

能为同胞服务，令他激动得无以言表

1882年7月28日，颜福庆出生在上海市江湾（现虹口区）的一户人家内，家中有五个孩子，日子过得十分清贫。六岁那年，颜福庆的父亲因为感染伤寒不幸去世，给这个贫穷的家庭雪上加霜。为了让日子好过一点，颜福庆被过继给了自己的伯父。小小的伤寒在那个年代居然能轻易夺走人的生命，这在颜福庆年幼的心里留下了深深的阴影，因此，他立志学医，希望将来能救治像父亲一样被病痛折磨的人。

来到伯父家生活之后，伯父对颜福庆视如己出，非常支持他的学业，从小就让他接受先进的教育，并且支持他成为一名优秀医生的理想。为此，颜福庆先后前往上海圣约翰中学，以及圣约翰大学医学院学习。

1904年，颜福庆大学毕业。为了响应学校的号召，他前往南非担任矿医，给那里的华工治病。然而，现实却令他感到无比痛心：那里的医疗条件太差了，钩虫病、矽肺病严重威胁着华工们的身体健康，可他无能为力，只能眼看着工人们拖着病体继续工作。颜福庆决定进修，提高自己的医术，以帮助更多的人。

1906年，颜福庆以优异的成绩被保送入耶鲁大学深造。四年的勤工俭学，使他接触到了不少先进的西医知识。1909年，颜福庆顺利毕业，虽然日常他需要去餐馆、图书馆四处打工来支付高昂的学费，但是这样的忙碌并没有影响到他的学习，相反他以优异的成绩，获得了"耶鲁优秀博士毕业生"的荣誉称号，他也是全亚洲第一个获得耶鲁医学博士殊荣的人。同年，颜福庆又前往英国的利物浦热带病学院进行短暂学习，攻读热带病学。

1910年，颜福庆获得了利物浦热带病学院的学位证书。当时的中国社会环境差，物质条件十分恶劣，作为一名掌握先进技术的优秀医生，如果颜福庆选择留在国外发展，自然会得到一份更有前途的工作，从而过上富有的生活。但是他毅然选择回国，因为他知道，苦难之中的同胞们更需要他，**想建设强大的国家，首先需要强健人们的体魄**。怀揣这样的决心，颜福庆回到了祖国的怀抱。

回国后，颜福庆去湖南长沙雅礼医院应聘做外科医生，收到入职通知后，他非常激动，他说："我无法用言语来表达我内心的喜悦之情，能为我的同胞服务，这太令我激动了！"雅礼医院是一家由美国医生胡美博士开办的西医医院，在当时的中国，人们出于迷信，普遍认为西医身着白大褂是不吉利的事情，所以尽管医院诊费便宜，也没有人愿意来这里看病。颜福庆的到来，让这样的局面出现了转机：中国面孔本就让人们倍感亲切，他对待病人也十分注意细节，和颜悦色，看诊前一定要先把双手搓热。这份温柔体贴加上精湛的医术，让人们逐渐开始信任西医，雅礼医院也慢慢在长沙站稳了脚跟。作为一名医生，颜福庆对这份信任感到十分欣慰。

（二）
把西医的话语权掌握在中国人的手里

在颜福庆的努力下，雅礼医院的名声越来越大。看着源源不断的病人，开办医院的外国医生想赚更多的利润，就把诊费提得越来越高。

做医生本就是来救死扶伤的，为了谋求利益，让劳苦大众看不起病，这可怎么能行呢？雅礼医院的行事作风和颜福庆的行医观念逐渐背离，然而在当时的社会，西医资源掌握在洋人手里，离开洋人，中国人就缺医少药，这让颜福庆深刻认识到：**西医不能被外国人所垄断，中国人应该把西医的话语权掌握在自己手里，用新式医学为中国人做贡献。**

想要自己掌握西医话语权，就必须传播更多科学的经验，培养属于中国人自己的医疗团队。颜福庆想到的最直接、最有效的方式就是创办医学院。但是，在当时的社会环境下，富豪们更愿意将资产拿出来支持战争，对承办一家医学院，要么不感兴趣，要么颇有顾虑。

颜福庆开办医学院的想法遇到了很大的阻碍，但他精湛的医术具有最强的说服力。当时的湖南都督谭延闿患了肺炎，高烧不退，请了很多医生都束手无策，颜福庆看过他的病情后，只开了一点药，谭延闿服用几天后就痊愈了。谭延闿本想重金答谢颜福庆，但颜福庆却婉言谢绝道："**你给我的钱我一分不要，如果你真的想谢我，就帮我开一家医学院吧。**"

有了谭延闿的大力支持，办学变得顺利起来。1914年，长沙湘雅医学专门学校正式成立，颜福庆任校长。这所学校是湖南医科大学的前身，也是我国第一所中外合办的高等医学教育机构，学校的一切都参照国际上的医学院标准，对学生极其严格，教学质量也非常高，与北京协和医学院素有"北有协和，南有湘雅"之称，为中国培养了一大批优秀的医学人才。

颜福庆大半生都在致力于中国的医学教育发展。1926年12月，受国民大革命的影响，湖南的局势已经不适合医疗教育的继续发展，颜福庆来到北京，担任了协和医院的副院长；不久后，他又来到上海任第四中山大学医学院[1]院长。颜福庆立志开办一所集医学院、医院、研究院于一体的医事中心，于是，他不断学习，了解中国和西方的现代医学存在的差距，努力提升；创建医事中心这样的工程需要大量的资金和地皮，他四处募捐筹款。1927年，这座完全由中国人开办的医事中心终于落成，四十五岁的颜福庆终于实现了自己最大的愿望。

除了创办学校，颜福庆还与卫生防疫专家伍连德等二十一名西医专家，一起组建了中华医学会。这两项创举，让西医被越来越多的人了解、接纳。

颜福庆没有食言，让西医话语权掌握在中国人的手里，他做到了！

---

[1] 1928年2月27日，第四中山大学医学院改名为国立中央大学医学院，是中国创办的第一所国立大学医学院。1932年独立为国立上海医学院，是如今复旦大学上海医学院的前身。

——编者注

（三）

投身抗战，亲赴前线

颜福庆曾经对自己的学生说过这样一段话：

"学医的目的，有许多人以为能多赚钱，我想他跑错路了。因为做一个真实的医生，是赚不动许多钱的；除非用不正当的方法……若然有人因为喜欢科学而学医，那我想也不是最好的目的：因为科学不是全能福人的，而医生是福人的职业……若然有人拿服务人类、为公众利益为目的去学医，这才是最好的。"

做医生的目的是为公众利益服务，即便在战争年代，颜福庆也将这一点贯彻到底，他随时准备好了奔赴前线。抗日战争开始后，上海沦陷，第四中山大学医学院被日军占领，颜福庆被迫离开上海，先后在重庆、贵州、云南从事抗战中的医务工作，此时的他已经年近花甲，却依然坚守在最需要他的岗位上。

对于医疗教育事业，颜福庆的目光放得非常长远，他相信中国人民必将在战争中取得胜利，而战后对医学专业人才的培养更是迫在眉睫。为此，他在 1938 年就发表过一篇题为《战时医学教育问题》的文章，提倡医务工作者不但要为前线战士和后方人民做好保障工作，同时也要想方设法保护之前在校的教授、学生，以及学校原有的硬件设备，待战争结束后迅速恢复医疗教育的发展。正是因为颜福庆如此高瞻远瞩，1949 年中华人民共和国成立后，我国的医疗事业才会有蒸蒸日上的发展。

不久后，抗美援朝战争爆发，已经七十岁高龄的颜福庆仍然坚持去一线工作。他参加了上海抗美援朝志愿医疗手术队，广泛动员医疗工作者响应党的号召奔赴前线，提供医疗服务保障。在颜福庆的带领下，上海医学院先后组织了三批志愿医疗手术队，并成立了一个防疫检验队，专门负责参加反细菌战的工作。

倾其一生，颜福庆都在默默无闻地奉献着，除了忍着巨大悲痛将两个没能出生的孙女的遗体捐给医院做解剖用，他也希望将自己的遗体捐献给学校，供学生们研究、学习。

但是，恰逢特殊历史时期，颜福庆的遗愿并没有机会实现。他的长孙颜志渊继承了他的衣钵，如今也是上海医学院的一名老师。他说，希望将来能把自己的遗体进行捐献，替爷爷补上遗愿未能实现的遗憾。

颜福庆格外强调对待传染病要以预防为主，他的这一理念，在当今医疗事业发展中得到了很好的贯彻落实；他曾提出过"公医制"的理念，而如今，我们的医疗保险等发展也越来越完善。颜福庆所畅想的一切，在当今社会都得以实现，我们都是受益者。"吃水不忘挖井人"，在享受着优越的医疗条件的同时，请别忘记颜福庆，这位一生在医疗领域探寻未来的引路人。

致王承书

您的名字不能被遗忘

" 在网上冲浪的时候,我无意中看到了一个视频,它介绍的是我国一位女科学家,人们称她为"中国的居里夫人"。我感到好奇和疑惑:居里夫人的故事、格言,我们从小学开始就在听,中国居然也有这样一位女科学家吗?我似乎从来没听说过。

这位女科学家叫王承书,她是我国著名的核物理学家、气体动力学和铀同位素分离专家,中国科学院学部委员、中华人民共和国核工业部研究员、科学技术局总工程师。她为我国第一颗原子弹的装料工作做出了巨大贡献,却为了祖国的科学事业发展、军事重要机密隐姓埋名了半生。她将自己的一切都奉献给了祖国和科研事业,却把自己活成了中国当代科学史上的"透明人"。"

（一）
立志做中国的居里夫人

1912年，王承书出生在上海的一户书香门第。在当时的环境下，她的父母接受了很多开明的新思想，对重男轻女、"女子无才便是德"的封建观念不屑一顾，因此，王承书从小就饱读诗书，接受新式教育。

王承书稍长大一点，就和父母一起搬到了北京生活。随着新文化运动、"五四运动"的开展，北京逐渐发展成了全国先进文化的中心。在这里读书，王承书自然学习到了更科学、更民主的理念，思想也彻底冲破了旧时代的枷锁。她不但想要好好学习、做个有用之人，还想要遵从自己内心的意愿，选择自己所喜欢的专业、成为自己想成为的人，即便这个选择所有人都不理解。

王承书从小就对数学表现出了浓厚的兴趣,并且有着极高的天赋。尽管年少时她体弱多病,经常请假,甚至在小学六年级和初中三年级时两次因为身体原因而休学,但她依然凭借自学掌握了该学段的所有知识,屡次在考试中获得优异成绩,令她的任课老师大加赞赏。

高中时,王承书就开始积极参与妇女解放运动。通过这些活动,她了解了更多西方先进的思想、人物事迹。在一次偶然的机会中,王承书读到了居里夫人的故事——一位女性凭借自身的努力,跻身于男性占比居多的科学殿堂,建立了属于自己的不朽功勋,为人类科学事业做出了巨大的贡献。这令王承书大受震撼,不但点燃了她对物理学科的巨大兴趣,更让她立志要做一个像居里夫人那样的人。

1930年,王承书因为优秀的成绩获得了保送燕京大学的资格。燕京大学是近代中国规模最大、教学质量最好的大学之一,1951年,其文学院、理学院并入了北京大学。虽然王承书获得了保送资格,但是在专业选择上,父母却和她产生了分歧:在那个特殊的时代,有志青年大多会选择文科师范专业,父母自然也希望女儿能够这么选择,但王承书觉得，比起文科，中国的物理专业还没有得到充分的发展，她希望选择自己的兴趣所在，也希望通过自己的学习，为祖国的物理事业发展贡献一份力量。于是，她不顾父母劝阻，选择了这个在当时看来十分冷门、没有太大前景的专业。

王承书成了全班十三名学生中唯一一名女生，却也是整个班级中最有天赋的，课本上所讲的知识她一点就通，还能做到举一反三，成绩好得令其他人望尘莫及，就连任课老师都对她佩服不已。1936年，王承书成功拿下物理硕士学位，前途一片光明。

（二）
出国深造，只为更好地建设祖国

1937年，日军发动"七七事变"，抗日战争彻底爆发，北平的局势已经无法让王承书继续学业，于是她辗转南下，先后到过南京、武昌、桂林、贵阳等地。一路上，王承书看到了太多浴血奋战的战士、因战乱流离失所的难民，她感到了深深的无力。她深知是因为国力衰弱才导致了国民的流血牺牲，故而下定决心，**一定要努力学有所成，用高新的科学技术把祖国建设得更加强大。**

1939 年，王承书和张文裕喜结连理。张文裕是我国著名的高能物理学家，于 1938 年在英国剑桥大学卡文迪什实验室获得了博士学位。夫妻俩在燕京大学相识，共同的理想、抱负、热爱让他们走到了一起。即使在那个认为女性就应该相夫教子、安分守己的年代，张文裕也十分支持王承书成就自己的事业。婚后，二人来到西南联大任教，但是由于时局动荡，物质条件匮乏，学校内无法提供设施完善的物理实验室，导致他们的学术研究受到了极大的限制。王承书感到十分遗憾，但这并没有成为阻碍她前进的绊脚石。

王承书偶然了解到，美国有一项"巴尔博奖学金"，符合条件的亚洲女性可以通过申请该奖学金获得到美国深造的机会。这个消息让她无比兴奋，她有继续学业的希望了！王承书马上发出了申请，得到的回复却令人灰心，该奖学金规定：已婚女性不得申请。王承书并不认同这一规定，她据理力争，多次向奖学金基金会写信发出强烈抗议：**婚姻不该成为女性追求进步的束缚！**终于，在她的坚持下，美国密歇根州立大学物理系给她发来了入学通知。1941年，王承书前往美国攻读博士学位，丈夫张文裕不忍心妻子一个人背井离乡，为了支持她的学业，也来到美国的大学任教。

王承书格外珍惜这个来之不易的深造机会，在美国充分利用当地的学术环境和资源，短短几年就取得了卓越的成就：她不但和乌伦贝克教授共同创建了著名的WCU方程，还验证了索南多项式。这样的学术成就足以震撼整个物理学界，而取得如此成就的女博士才四十岁左右，假以时日，她一定能获得诺贝尔奖！美国方面迫切地向王承书抛出橄榄枝，希望这样一位优秀的科学家能长期留在美国，但王承书早已归心似箭。

多年来，王承书始终没有忘记自己的志向：**学有所成，用自己的知识建设强大的祖国！**1949年，中华人民共和国成立的消息传来，她和丈夫张文裕归心似箭，迅速申请回国。然而，抗日战争时期对中国进行友好援助的美国，此时却因为中苏关系亲近以及抗美援朝的原因，和中国走向对立面，他们怎么能容忍像王承书、张文裕这样的人才回到中国呢？同众多留美深造的中国科学家一样，王承书、张文裕的回国申请一次又一次地被美国政府驳回。

这样的情况一直持续到1954年，周恩来同志在日内瓦会议上为中国人回国的问题据理力争，签订了《中美两国大使级会谈就双方平民回国问题的协议的声明》。消息一经传来，王承书和张文裕兴奋不已，多年来积压在心中归国无望的阴云尽数散去，他们将多年来积累的珍贵学术资料打包寄回国内，迫切希望能给新中国的建设出一份力。

然而，归国之旅仍然不顺利，夫妻二人的回国申请屡遭驳回，这场拉锯战一直持续了两年。1956年，王承书终于得到了美国方面同意放行的通知。二人唯恐夜长梦多再生变数，便将在美国的财产全部送人，带着年幼的儿子火速归国。**王承书感慨万千，阔别十五年，她终于又站在了挚爱的祖国的土地上！**

（三）
"为祖国工作，我怎样也不应该看作是牺牲"

回国后，王承书在中国科学院近代物理研究所理论研究室做研究员，同时在北京大学任教，她期待着能将自己掌握的气体动力学知识传授给更多青年学子。之前的美国同事觉得她要回到一穷二白的新中国是屈才，中国没有条件支持她创造更大的成就，这简直就是在牺牲自己的学术生命。面对这样的否定和质疑，王承书的态度坚定而明确："条件是要人去创造的，我不能再等别人来创造条件，我要参加创造条件、铺平道路的行列。我从来没有'牺牲'的想法。为祖国工作，我怎样也不应该看作是牺牲。"正是这一信念，支持她度过了往后"查无此人"的三十年。

自 1955 年起，中国便想要研究、制造自己的原子弹。1958 年，在苏联的援助下，中国建成了第一座实验性原子反应堆，但是国内关于核聚变方面的知识却是一片空白，这令科学家们感到一筹莫展。这时候，钱三强找到了王承书，询问她能否尝试热核聚变方向的研究。在此之前，王承书的研究领域是气体动力学方面，这个要求对她来说，简直是要放弃毕生所学，改换赛道去一个完全陌生的领域，因此，沟通之前，钱三强内心非常忐忑，但王承书却欣然接受了这项艰巨的任务。**她认为，自己多年来坚持回国，就是为了要给自己的祖国做贡献，就是回来为祖国的科研发展解决问题的，哪里存在能不能改换研究方向的问题？**于是，王承书调职到原子能研究所筹建的热核聚变研究室，从事研究工作，1959年，她又被派往苏联原子能研究所进行学习。王承书丝毫不敢懈怠，就连在火车上也忘我读书，仅用七天时间就把国外热核聚变研究的相关书籍翻译成了中文，两年之内，她就成了这个领域的专家，并培养出了一大批优秀的青年学者。

中苏关系破裂后，苏联撤走了所有对华援助的科学家和技术支持，中国对原子弹的研究只能彻底靠自己、从头再来。在这样的困境下，1961年3月，钱三强再次找到王承书，询问她是否愿意参与原子弹的研究工作，主攻铀同位素分离。这项技术是原子弹制造中的关键环节，拥有原子弹的国家都将其视为最高军事、科技机密，因此，参与这项研究的工作人员，都过着与世隔绝、隐姓埋名的生活，这也意味着王承书必须长年割舍下丈夫和年幼的儿子，甚至不能告诉他们自己要去哪里、要干什么。对于一个妻子、一个母亲来说，这样的分离是相当残酷的，但王承书义无反顾，因为她知道，**推动祖国的科学技术发展是自己作为中国科学家的使命，是自己回国的意义所在，为了自己的祖国，她什么都可以承担！**

进入504厂后，王承书夜以继日、废寝忘食，她将自己每天的时间安排得满满当当，厂里的工人经常在下夜班后仍看见她的办公室灯火通明。功夫不负有心人，在王承书坚持不懈的努力下，我国在最短的时间内就掌握了浓缩铀的相关理论知识。终于，我国自主研发的原子弹和氢弹相继试验成功，中国成为世界上第五个拥有核武器的国家，这样的成就，举世瞩目！

如今，我们谈起"两弹一星"工程，第一时间想到的是钱学森、钱三强、邓稼先等著名科学家，却很少有人知道为之默默付出的王承书。核武器研究成功之后，王承书继续默默从事着科研一线的保密研究项目。为了祖国的强大，成就斐然的她，心甘情愿让自己的名字从物理学界消失，变成了"无名之辈"。直到1994年去世，她默默奉献的一生才逐渐出现在大众视野。

她本该获得诺贝尔奖的。

她本该享受着丈夫的陪伴，看着孩子长大。

她本该著书立说，让自己的名字闪耀在更多物理学界的里程碑上。

想到这些，知道她的故事的人，多少都会为她感觉意难平吧？但我相信，假如时光能够重来，王承书依旧会做出同样的选择。可她不该是无名之辈，她的光荣与眼泪都不该被无所谓地忘却！

前人栽树后人乘凉，正如王承书回国时所说，她的工作为祖国后来的科学事业发展创造了条件、铺平了道路，她是开拓者，是奠基人。所以，今天当我们为了科技的一次次进步奔走相告、欢呼庆祝的时候，请记得想起她！

致刘华清

多想让您摸一摸
我们自己的航母呀

> 不知道你有没有看过这样一段视频：在美国的航空母舰甲板上，一位身穿旧军装的老人踮起脚尖倾身向前，仔细观察着美军航母上停着的直升机。
>
> 这位老人名叫刘华清，很多人认识他、希望更多地去了解他，就是因为被这段广为流传的视频中他那专注而渴望的神情所感动。他被誉为"中国现代海军之父"，虽然不是科研工作者，却是当之无愧的"中国航母之父"。
>
> 他曾经说："不搞航空母舰，我死不瞑目！"

（一）
自古英雄出少年

1916年10月1日，刘华清出生在湖北省黄安县（今红安县）的一户农民家庭。虽然家境贫苦，但他的父母相当重视孩子的教育，在他七岁时，就送他去村里的私塾读书。年幼的刘华清聪颖好学，能够熟背《三字经》《论语》《孟子》，还练得一手好毛笔字，这让刘华清在村里的同龄孩子中颇受欢迎。

1926年，北伐战争中的武汉战役打响，湖北工人运动随之兴起，刘华清生活的村子和周边几个村联合办了一所新式学堂，刘华清来到这里接受进步思想的教育，语文、数学、地理、历史等新科目激发了他极大的兴趣，使他开始放眼全国，眼界变得越来越开阔。刘华清的新老师是一位共产党员，除了教给孩子们知识以外，还经常给他们讲孙中山的革命主张、全国的革命形势等。**受这些内容的影响，刘华清从小就有相当强烈的爱国情感和革命热情。**

1927年"黄麻起义"之后，黄安县农民政府、工农革命军先后成立，十一岁的刘华清当上了红色交通员和村儿童团团长。十三岁时，刘华清加入了共青团，并担任村里的团支书。从小学习的知识、在同龄人中积攒的人气此刻派上了用场，他非常出色地完成了每一次工作任务。1929年，刘华清由共青团员正式转为共产党员，**心中十分自豪。他也清楚地意识到，自己肩上担负着更重要的使命，为了保家卫国，为了民族自由，他会更加努力。**

1930年，年仅十四岁的刘华清加入中国工农红军，虽然年纪小，但是他有勇有谋，只用了一年时间就被任命为游击队队长。刘华清参加过多次反"围剿"战争，意志被磨炼得越来越坚定，军事经验也越来越丰富。中途，他经历了"肃反"调查，被调到县委机关工作，由于油印科缺人手，他自学了油印技术，而他的这门手艺，在后来的长征中发挥了巨大的作用。

1934年，红二十五军长征来到陕南商洛地区，中共鄂豫陕省委决定在鄂豫陕边区创建新苏区，并决定在新苏区创办《战士报》。刘华清作为军中为数不多的知识分子，临危受命，被任命为宣传科科长，承担起了《战士报》办报的责任，筹稿、编辑、刻印等工作，全部都由他一人完成，甚至偶尔需要在报中附上的插画，也是由他亲手绘制的。虽然工作非常繁琐，但刘华清知道《战士报》的意义重大，他希望自己能够更及时地传递军中消息，凝聚大家的战斗力，为新苏区的建设发挥自己最大的光和热。功夫不负有心人，《战士报》在红二十五军中反响极高，得到了全军战士的高度重视，刘华清出色地完成了这次任务和挑战。

　　抗日战争爆发之后，刘华清担任了八路军第129师司令部秘书主任、政治部宣传科科长职务，继续发挥自己的特长，在军中从事宣传工作；解放战争时期，他担任晋冀鲁豫军区第二纵队六旅政治委员，率部参加了上党、邯郸、出击陇海路等众多战役和豫北反攻作战。中华人民共和国成立时，刘华清才三十三岁，却已经是陆军中举足轻重的英雄人物。他先后担任了西南军政大学党委书记兼政治部主任、第二高级步兵学校政治部主任、中国人民解放军第10军副政治委员兼政治部主任等职,将自己的全部心血倾注在了新中国的国防建设、军事人才培养工作中。

(二)
调任海军,他做得精益求精

1952年对刘华清来说,是生命中非常重要的一年,他迎来了人生轨迹的一个新的转折点。这年2月,他接到中央军委的通知,让他迅速到北京赴命。时任海军司令员萧劲光给他介绍了新中国的海军建设情况,并告诉他组织上安排他担任大连海校副政治委员。

自从少年时期投身革命以来,刘华清已经在陆军度过了生命中的二十几年时光,对他来说,海军是一个陌生而朦胧的概念,如果接下这份工作,将要面临不小的挑战,他担心自己做不好，影响了国家的海军事业发展。萧劲光看出了刘华清的担忧，鼓励他道："海军建设对大家来说都是新课题，需要边干边学习。你在西南军政大学办过学、打过仗，又年轻，这都是很好的条件。相信你一定能够胜任。"这番话仿佛是给刘华清吃了一颗定心丸。他想：自己**投身革命，一切都是为了祖国，既然祖国现在需要有人来做海军工作**，组织上对自己充满了信任，那自己就一定要克服万难，把这份全新的工作做好！就这样，刘华清结束了陆军生涯，开启了海军工作的新篇章。

1952年5月，刘华清正式到大连海军学校上任，他边学边干，认真贯彻海军建军路线和办学方针，为大连海军学校摸索出了有益的教学经验。次年3月，他便升任副校长。在刘华清的努力下，大连海军学校为国家培养了大量海军人才，被誉为"海军军官的摇篮"。

1954年6月，经中央军委批准，刘华清被派往苏联伏罗希洛夫海军学院学习。当时的刘华清已经三十八岁了，虽然从小接受了良好的教育，可要接受纯俄语教学，对他来说还是具有很大的难度。但是刘华清并没有被这点困难吓倒，他身上坚韧的革命军人意志，使他克服重重困难，坚持下来。回忆起苏联求学的日子，刘华清说："我没有语言天赋，只好利用一切可以利用的业余时间来加倍学习，上课尽力记下老师讲的内容，回来翻译，再一点一点背住。"三十八岁从头开始学习一种陌生的语言，这样看似不可能的任务，刘华清出色地完成了！

伏罗希洛夫海军学院是一所拥有上百年历史的高等军事学府，除去半年俄语的预科学习外，刘华清为了把知识学精、吃透，更好地运用到我国海军建设当中，几乎牺牲了所有的假期时间来学习。三年时间，他刻苦研读二十一门专业课程，掌握了大量先进、实用的海军常识、武器装备等知识。1958年，他顺利毕业，除了不计分数的八门课程，其余十三门课程，十门优秀，三门良好，总评成绩为优秀。

1958年2月，刘华清回国，将自己所学知识编成现代海军教材，如火如荼地开展起海军事业的建设，使得中国海军应对突发事件的能力大幅提高。

（三）

中国人必须要搞航空母舰

1961年8月，周恩来同志签发命令，任命刘华清为国防部第七研究院院长，从此，刘华清开始了我国舰船科学研究的重要工作。

在中华人民共和国成立之初，我国长期受到苏联的影响，对航空母舰的建造并不重视。但刘华清并不认同这个观念。丰富的战争实践经验、对先进海军知识的学习，以及自己结合中国海岸线实际情况的独立思考，让他清醒地认识到：**中国必须有属于自己的航空母舰编队！**虽然他曾多次向上级提出这一议题都被驳回或忽略，但他并没有放弃。

1970年4月开始，刘华清正式提出了建造航空母舰的可行性问题，并且多次组织专门的会议进行讨论。经过三个月的探讨，结合当时我国的经济实力，刘华清提出可以建造吨位为三吨的中型航空母舰，并将发展航母的计划定名为"707工程"。"707工程"确立后,刘华清和研究人员整整花费了十年时间,从事了大量的理论研究和论证工作,可谓是"十年磨一剑",但是就算遇到再多的困难,这位坚毅而有见识的海军将领始终坚持一个信念——一定要让中国人拥有自己的航母!

1980年5月15日,六十四岁的刘华清受邀率领中国代表团去美国访问,受到了美国军方的热情接待。刘华清最惦记的就是建造航空母舰,因此,他提出了想参观美国航母的意愿。美国海军答应了登舰参观的请求,这令刘华清喜出望外。终于见到心心念念的航空母舰,他兴奋得像个小孩子。这艘海上巨无霸有十八层楼那么高,登上"小鹰号"航母时,刘华清甚至不需要人搀扶!但是,美国也提出了自己的限制:不许触摸舰上的任何设施。于是,**刘华清踮起脚尖、倾斜着身体,仔仔细细地观察着每一处细节,他想把自己看到的一切全都记在心里,希望自己利用这次来之不易的机会学到的一点点宝贵知识,能够对中国的航母建造工作起到一些作用。**

限于我国当时的经济实力,航空母舰的实际建造工作一直没有提上日程，刘华清的研究、学习始终停留在理论经验和数据积累阶段。直到2005年2月3日，刘华清才迎来了一个好消息——航母项目正式立项，中国人终于要建造自己的航母了！年近九十岁的刘华清连道三声："**好啊！好啊！好啊！**"从1970年到现在，他已经整整等了、盼了三十五年，终于等到了足够的经济、技术支持，让中国人建造自己的航空母舰。他高兴得手舞足蹈，仿佛眼前已经出现了一艘完整的航母。

刘华清长达三十多年的理论研究、数据收集给中国航母建造奠定了坚实的基础，他的努力为中国航母的正式建造缩短了大量的工期，然而，他却并没有亲眼看到中国航母的建成。2011年1月24日，刘华清逝世。少年时，他积极投身革命，为中国的解放、民族的自强奉献了自己的青春；中年至老年，他致力于海军建设，为我国海防事业提供了无限的可能性。

2012年9月25日，中国第一艘航空母舰"辽宁舰"正式交付海军。看着海军战士正式登舰时铿锵有力的步伐，我们多么希望，刘华清老将军的身影也在呀！如果他在的话，必然又一次开心得像个孩子。他可能会这样感慨：曾经可望而不可即的航母，我们终于有自己的了！

致袁隆平

爷爷,我们会记得好好吃饭

> 之前在电视上看到过一个综艺节目的片段：一个选手在舞台上听伴奏猜歌，前面几首一首都没猜对过，最后一首，伴奏一响，选手迅速说出答案：《禾下乘凉梦》。
>
> 主持人问他："你确定吗？"
>
> 选手哽咽道："确定。我是农学院的学生，我们专业的人没有不知道这首歌的，也没有不想念袁隆平爷爷的。"
>
> 不关注音乐的人或许不知道《禾下乘凉梦》这首歌，但只要是中国人，就一定都知道袁隆平。
>
> 没有人能忘记袁隆平。

（一）
"人就像种子，要做一粒好种子"

1930年9月7日，袁隆平出生在北平。他的祖籍是江西省九江市德安县。他的童年时期，正值动荡的年代，一家人先后在北平，天津，江西九江、赣州，湖北汉口等地辗转生活，直到他九岁时，才基本在重庆安顿下来。袁隆平的母亲华静女士是一位教师，虽然生活颠沛流离，但她一直教导小袁隆平：**你要博爱，要诚实。**母亲的教诲如同一颗种子，在年幼的袁隆平心里生根发芽，从小经历的战乱、流离之苦，使他十分想做一些有意义的事，做个有价值的人。正如他自己后来所说的："人就像种子，要做一粒好种子。"

1949年8月，袁隆平考入了重庆北碚夏坝的相辉学院农学系。不久后，中华人民共和国成立、重庆解放，接二连三的好消息让袁隆平心中充满了对未来美好浪漫的想象。他有很多想要实现的理想：他希望将来能从事果树、花卉种植类的园艺工作；受同学影响，他喜欢上了小提琴，为音乐的美好而陶醉；他参加过国家游泳队的选拔，想去实现做游泳运动员的梦想；他还参加过空军的选拔。无论是园艺师、音乐家、运动健将，还是空军飞行员，全都是能为国争光的职业。

1953年，二十三岁的袁隆平大学毕业，接受学校分配，到湖南省怀化地区的安江农校任教。走出校园来到乡村，袁隆平第一次真真切切地感受到祖国贫穷落后的现状，尤其是后来的三年自然灾害期间，粮食极度短缺。当时，在校师生的粮食是国家按量供应，但是可分配的量越来越少，校外的人供需更是无法得到保障，即便有钱也买不到粮食。啃草根、树皮成了人们的家常便饭。最饿的时候，袁隆平甚至想要吃掉自己心爱的小提琴。他亲眼看到过至少五个人因为饥饿倒在路边、田埂、桥边，还听说有人因为过于饥饿，看到树皮后猛吃了几块，胃就被撑坏了，痛得在地上直打滚，最后因为没有足够的药物医治被活活疼死。

作为一个农学专业人员，眼见耳闻的每一件事都触目惊心，它们仿佛在袁隆平心里深深地划下了一道又一道伤口：中国人坚强地挺过了战乱，如今却饱受饥荒之苦。这样的现实令袁隆平感到钻心剜骨般的疼痛。**我是一个农业科研人员啊，种田的人居然都吃不饱饭，像我们这种学农出身的人能说没有责任吗？**农学专业使命感让他清楚地意识到，自己多年所学的专业知识必须发挥到它真正的用武之地。从此，他确定了自己毕生的奋斗目标：**解决粮食问题，让中国人不再挨饿。**

　　袁隆平这粒种子，由此开始在稻田里生根、发芽。

（二）
"能不能培育一个亩产八百斤、一千斤的新品种"

　　由于严重的饥荒，安江农业学校不得不停课，学生放长假，老师则每人分了一块试验田，自己种庄稼。为了填饱肚子，老师们当然是什么作物长得快就种什么，袁隆平也不例外。饿得瘦骨嶙峋的他，最初种的是萝卜，因为其长得快、分量大，但一茬萝卜并不能吃多久，况且只吃萝卜还会让人肠胃不舒服，不是长远之计。袁隆平又尝试培育高产红薯，但红薯在农民们看来，只能充饥，不能当主食，仍然解决不了根本问题。

俗话说"人是铁，饭是钢，一顿不吃饿得慌。"吃不饱饭，人就没有能量生存，更遑论下地劳动呢？袁隆平明白，只有稻米这样的粮食可以给人们补充能量，才是大家迫切需要的。可是，自己身在学校能得到国家分配的粮食，每天也只能分到二两米，那校外那些没被分配粮食的农民该怎么办呢？只有解决水稻的产量问题，才能解决大家吃饱饭的根本问题。

袁隆平日思夜想，甚至在睡梦中，都不止一次闻到过煮熟的米饭的香气，但是，他应该怎么做？他能够做什么呢？

事情的转机出现在1961年7月。袁隆平路过学校的试验田时，偶然间发现了一株特殊的水稻。这株水稻的长相可以说是"鹤立鸡群"，它的稻穗很大，颗粒又饱满又整齐，是平常看到的稻穗的两倍多。这一发现令袁隆平非常惊喜，他敏锐地判断出这是一株天然的杂交稻。或许可以通过研究，培育良种的杂交水稻，提高亩产量，由此就能解决困扰人们已久的粮食问题。

但是水稻是自花授粉、雌雄同蕊的植物，想要实现人工培育杂交水稻，第一步是要找到天然的雄性不育株水稻，再将它的花粉人工授粉给其他水稻的雌花。袁隆平通过理论分析推断，能找到这样的天然雄性不育株的概率，大概在五万分之一到三万分之一。这样的概率，难度可谓是大海捞针！但下乡时一位农民的话一直萦绕在袁隆平的耳边："**袁隆平，你是搞科研的，能不能培育一个亩产八百斤、一千斤的新品种，那该多好啊！**"就为了这一句农民发自内心的朴素愿望，袁隆平开始了寻找目标稻的漫长旅程，这一找就是三年。

（三）

"第一个梦是禾下乘凉梦"

　　水稻开花是在每年天气最热的时候，它的花也非常细小，为了看得更清楚一些，袁隆平每天都在中午阳光最强烈的时候，顶着酷暑，手拿放大镜，弯腰走在田垄上，一穗一穗地细细观察稻花。功夫不负有心人，1964年7月，历经几十万次的失败之后，袁隆平终于在学校的试验田里找到了理想中的天然雄性不育株水稻。他喜出望外，马上进行了人工授粉实验，终于得到了几百粒第一代雄性不育株的种子。有了这一次成功的经验，随后的一年，袁隆平又找到了另外五株天然雄性不育株水稻。1966年，袁隆平据经过实验、研究，发表了论文《水稻的雄性不孕性》，提出了以"三系"配套的方法培育杂交水稻的思路，开创了中国杂交水稻研究的先河。让中国人吃饱饭这一难题，终于看到了解决的曙光！

　　袁隆平曾在后来的采访中描述过他的禾下乘凉梦：这

个试验田的水稻长得比高粱还高,穗子有扫帚那么长,籽粒有花生米那么大,我好高兴,我就坐在我的稻穗下乘凉。正是这个梦,支撑着袁隆平度过了最艰难的岁月。

杂交水稻的实验经历过两次几乎要断送希望的"毁苗"时刻。

"文革"时期,袁隆平曾被点名批判,他用来研究、培育杂交水稻的六十个瓦盆,在这个时候被人悉数砸毁,试验田里的秧苗也遭到破坏。袁隆平感到万分绝望,几年间的努力付诸东流,想要继续研究,只能从头开始。幸运的是,两个学生告诉他,他们事先将其中三个瓦盆不同种类的水稻样本藏到了学校果园的臭水沟里,保住了杂交水稻的实验苗!不久,袁隆平的论文得到了国家的重视,他的研究也被列为湖南省科委的省级科研项目,当初藏在臭水沟中躲过一劫的三盆实验苗,经过几次繁育,已经插满了两块试验田。

原本以为此后的研究会顺风顺水,怎料再生变故。1968年5月19日,袁隆平和两名学生来到试验田发现,前一天还长得好好的禾苗,竟然一夜之间被人拔光!这一噩耗犹如晴天霹雳，给了袁隆平沉重的打击。他顾不得悲伤，也顾不得查找罪魁祸首，和两名学生翻遍了试验田，终于在烂泥中找到了残存下来的五株禾苗。

袁隆平深知，想要实现"禾下乘凉梦"并不容易，不但需要先进的理论知识、无数次得不到理想结果的实验，更需要挑战重重困难的顽强毅力。袁隆平不怕苦也不服输，经历了被调往煤矿、实验项目几乎被停、实验基地迁往海南等重重考验，终于在1975年成功培育出杂交水稻。第二年，杂交水稻在全国得到推广。

1984年，湖南杂交水稻研究中心成立，随后又成立了国家杂交水稻工程技术研究中心，这两个机构均由袁隆平担任主任。自1976年杂交水稻被推广，到1987年，短短十一年的时间，中国的杂交水稻产量累计增加就已经达到了一亿吨。在当时，每年增产的水稻可以满足六千多万人的粮食需求。这是一项斐然的成绩，更是一个奇迹！经历了十几年的风吹日晒，昔日的年轻教师哪里还有半点学者的样子，取而代之的是一个饱经风霜的农民。袁隆平笑得非常开心，他终于实现了让中国人吃饱饭的承诺！

（四）

"第二个梦是杂交水稻覆盖全球梦"

  杂交水稻推广成功之后，袁隆平并不在意"杂交水稻之父"的荣誉，也没有停下探索的脚步，他说："高产再高产，是永恒的目标！"而他自己，不是在家就是在试验田，不是在试验田，就是在去试验田的路上。通过袁隆平和他带领的科研团队的不断探索，杂交水稻的技术一直在进步：1992 年，两系杂交稻关键技术得以突破，水稻增产效果明显；1997 年，他们提出了"杂交水稻超高产育种"的想法，并通过实践，使得超级稻的研究进一步获得了成功——2000 年亩产七百千克、2004 年亩产八百千克、2011 年亩产九百千克，2014 年亩产一千千克！这个由中国人创造的奇迹，在国际范围内引起了巨大的轰动。

  水稻在生长过程中会吸收重金属镉，这种重金属对人体有害，会引起肠胃功能紊乱，伤害人的肝脏、肾脏等的功能。作为一个研究水稻的专家，袁隆平一直将这个问题放在心上。2017年，他在国家水稻新品种技术展示观摩会上郑重宣布了一个新成果：剔除了水稻亲本中含镉或吸收镉的基因。亲本干净了，种子自然就干净了，有了这样的水稻种子，人们就再也不用害怕吃对身体有害的镉大米了。

除了"禾下乘凉梦"，袁隆平还有一个更长远、更伟大的梦想——**他希望杂交水稻能够覆盖全球，让全世界的人都能吃饱饭。**作为一个农业学家，他心里装的，不仅是自己的祖国、自己的同胞，他关爱的包含了全世界、全人类。哪怕有一个人挨饿，他都会感到心痛，这是多么伟大的胸襟、多么广阔的胸怀！

袁隆平将杂交水稻的技术慷慨地传授给了国际友人。1979年4月，袁隆平受邀到菲律宾参加国际水稻研究所召开的科研会议，此后，他至少三十次前往菲律宾，传授杂交水稻培育的技术和经验。如今，这项技术在菲律宾得到良好的发展和传播，菲律宾人无不感谢这位来自中国的朴实无华的科学家。

1980年5月，袁隆平首次应邀前往美国指导杂交水稻种植技术。其实，早在中国杂交水稻技术成熟之前，美国的农业学家已经有过这方面的尝试，但因为方案中存在缺陷，没有进行大规模推广；而中国人却凭借自己的毅力、决心，以及对科学研究的严谨态度和大胆实践，实现了这项技术的大范围推广、运用。袁隆平后来多次赴美参加学术交流会，美国还给他授予了科学院外籍院士的头衔。面对这些荣誉，他首先想到的是，自己为中国人争得了荣誉和尊严，**他为自己的民族感到骄傲和自豪**。

如今，袁隆平已经将杂交水稻的技术推广到了越南、印度尼西亚，他还到日本、埃及、乌拉圭等国家进行学术交流，分享杂交水稻的种植经验。如果时间允许，身体条件允许，他的足迹或许会遍布更多的国家。

2021年5月22日13点7分，一则袁隆平去世的消息忽然在互联网各大平台刷屏。看到这条消息，我怎么也不愿意相信是真的。怎么会呢？我还记得2019年他获得"共和国勋章"时精神矍铄地对记者说**想活到一百岁，为国家做更多贡献**；还记得2020年他开始带队研究海水稻；还记得他自称"90后"，跟网友一起玩梗自己的表情包；还记得他接到小猫袁花花后开心得像个孩子……

每一次看到袁爷爷，他的身体都看起来那么硬朗，怎么可能突然就不在了呢？辟谣啊！快点有人出来辟谣吧！我疯狂地刷着手机，迫切希望看到一条可靠的辟谣消息被发布，想知道袁隆平爷爷一切安好，然而最终，也只能接受这个噩耗。

吃饭，可能是繁忙的日常中最容易被我们忽略的一件小事，可袁隆平爷爷毕生的心血，全部都用在了这件我们认为微不足道的"小事"上。有记者问他是不是特别怕曾经的饥荒再次出现，他斩钉截铁地回答了四个字："不可能了。"有人说，这四个字是他用一辈子给祖国写下的最美的情书。

爷爷，您曾经提出过超级稻亩产一千二百千克的目标，2023年我们已经超量完成了，您看见了吗？

爷爷生前害怕我们吃不好饭，更害怕我们浪费粮食。我们以后都会好好吃饭的，也会一直记得"一粥一饭当思来之不易"，您放心吧。

致南仁东

仰望星空,
我们都会看见您的笑脸

> 如今生活条件越来越好，每到假期，我们总喜欢到不同的城市旅游，看看平日里不熟悉的风景。若是你要去贵州，不可错过的重要景点之一，必然有"中国天眼FAST"。"FAST"是五百米口径球面射电望远镜Five-hundred-meter Aperture Spherical radio Telescope的缩写，它坐落在中国贵州省黔南布依族苗族自治州平塘县大窝凼洼地。
>
> 在大山深处，它被我们亲切地称为"中国天眼"，为我们打开了宇宙之窗，让我们更切实地看到了星空的广袤浩瀚。
>
> 而说到"中国天眼"，我们不得不谈到的就是它的总工程师——"中国天眼之父"南仁东。

（一）
做任何事都能给祖国做贡献

提到南仁东，我们脑海中浮现的形象，是身穿黑色上衣、头戴蓝色安全帽、穿梭在"天眼"建设工地的工程师，也是眼神睿智、神情严肃的科学家。但鲜为人知的是，年轻时的他，是个多才多艺、学什么都快、干什么都精的青年。那时候，南仁东虽未立志成为一名天文学家，但也希望自己能为祖国、为人民做一些有意义的事。

1945年2月19日，南仁东出生在吉林省辽源市龙山区，六岁起，进入辽源中兴小学读书。童年的他就对神秘的星空感到非常好奇。当时的玩伴回忆起他时都会说："南仁东读小学的时候就喜欢到龙首山上去看星星。"据说，他还有一个非常特别的爱好——喜欢在晴朗的夜空下，端着一碗水，观察碗中星星月亮的倒影，看累了便将一碗水全部喝下，那一刻，他仿佛觉得天上的星星真的都被自己吞进了肚子。这真是一种浪漫又充满童趣的想象。

或许正是因为心中有这份好奇和浪漫，少年时期的南仁东兴趣爱好十分广泛，对身边的一切都充满了求知欲：文学、美术、天文地理，只要能找机会学到的知识，他都会感到痴迷。初中时，南仁东成绩中等，但是他的老师却发现了他天赋异禀，请他到自己家中，跟这个对一切充满求知欲的少年谈理想、谈未来。老师富有启发性的话语让南仁东豁然开朗，**他开始奋发图强，希望能够凭借真才实学为建设祖国做贡献**。他的成绩突飞猛进，终于，在1963年，他以吉林省理科状元的身份考上了清华大学。

报考之时，南仁东选择了建筑专业，可以发挥他美术方面的特长，也能用自己的双手将新中国建设得更美丽。然而，当时的新中国缺少无线电方面的人才，学校便将成绩优异的南仁东分配到了无线电专业。父亲开导他："**国家少一个建筑师，多一个无线电科学家，不是更好吗？**"父亲的话解开了南仁东的心结，自己发奋读书，不就是为了给祖国做贡献吗？于是，他默默接受调剂，进入了自己并不了解的无线电领域。

1968年11月，南仁东大学毕业，时逢特殊时期，他没能进入科研机构，而是被分配到吉林省通化市的无线电厂，成了一名普通工人。南仁东的工种是"金工"，这是一项需要专业技术的工作。南仁东把在学校做科研的劲头用在了钻研金工技术上，甚至比专业技术工人做得还要好。不但如此，他还利用业余时间去工厂的各个车间学习其他技术活，钳、铆、电、焊，没有什么是他学不会的。这份刻苦钻研的精神很快就被厂里领导注意到了，于是，领导给南仁东分配了一项非常艰巨的任务：参加便携式小型收音机的研发工作。这是一个不小的挑战，南仁东一丝一毫都不敢懈怠，接到任务后，他迅速和研究小组的成员们对收音机进行设计和实验。他在学校所学的知识、在工厂练就的技术全都有了用武之地。不久后，他们成功研发了我国第一台便携式小型收音机。这种收音机后来几乎每个家庭都有，南仁东通过自己的努力，让全国各地的家庭实现了足不出户尽知天下事的梦想，那一年，他才二十四岁。

1970年，南仁东又主导研发了十千瓦电视发射机，这是一次更大的技术进步，而用时仅有一年。而后，他又和吉林大学合作，共同研发了我国第一台电子计算机。

从懵懂少年长成一个有为青年，南仁东有过自己内心的怀疑，也遇到过来自外界的质疑，但他一直走在把"不可能"变成"可能"的路上。他曾说过这样一句话："人是要做点事的。"他做的事，全部都是让祖国变得更加富强、人民生活变得更加便利的创举。

（二）

他想把年少时仰望的星空装进"碗"里

1977年10月，全国恢复高考，南仁东本就是清华高才生，家人、同事当然都希望他去报考研究生，继续进修。他自己却犹豫了，因为他不久前才向厂里领导提出了研究集成电路的提议，一旦他离开，这个项目也就要被迫终止了。正当他准备放弃进修时，无线电台的副台长语重心长地对他说了一番话："眼睛看远一点，一定要去深造，将来为国家做更大的贡献。"在南仁东心中，祖国的利益高于一切，他坚定了信心，半工半读，第二年8月，成功考入了中国科学院研究生院，成为一名天体物理专业的研究生。兜兜转转，童年在山顶看星星时埋下的那颗关于宇宙星辰的浪漫种子，终于开始发芽了。从此，南仁东开启了他和星空对话的后半生。

1978年9月至1987年7月，南仁东连续在中科院完成了硕士学位和博士学位的学习。在此期间，他做了大量的星系观测研究，取得了很多成果，但当时中国的天文研究领域设备比较落后，南仁东只能借助国外的设备来完成。例如，他从1984年开始做的对活动星系进行系统观测的研究，就是使用国际甚长基线网完成的，虽然是首次在国际上应用了VLBI"快照"模式，并取得了不菲的研究成果，但中国人没有自己的大型设备，作为科研工作者，南仁东心里始终觉得这个成就并不圆满。

1993年，南仁东和同事们参加日本国际无线电科学联盟大会，听到国外专家们说，想要在全球电磁波环境继续恶化之前建造新一代射电望远镜，以此来接收更多来自宇宙的信息，做出更多突破性的研究。这个想法让南仁东感觉无比兴奋，会后，他找到自己的同事，提出了自己一直埋藏在心里的想法："咱们也建一个吧！"

射电望远镜外形看起来就像一个巨大的碗，通过宇宙天体发出的电磁波在"碗"壁上的反射，来收集它们的信息，供科研人员做研究。南仁东童年时曾用小碗里的水去接星星的倒影，如今，他想要将真正的星星装进"碗"里。但这个"碗"的建造难度极大，在当时中国已经掌握的技术来看，想要造出属于自己的"碗"，几乎是一个不可能完成的任务。彼时，南仁东正在日本国立天文台做客座教授，薪资是在国内工作的三百倍，但是为了在自己的祖国建成这个重要的天文观测设备，他毅然辞去这份高薪工作回国，并在次年正式提出了建造一个五百米口径的球面射电望远镜。

（三）
建成"中国天眼"成了他余生的夙愿

当时，领先世界水平的射电望远镜是美国的"阿雷西博望远镜"，口径达三百零五米，南仁东提出的构想，远超当时的"世界第一"一百九十五米。如果这一工程能够实现，就意味着中国将拥有目前全世界最大、最灵敏的射电望远镜，也意味着人类对宇宙的探索将迈上一个新高度；但同时，它也意味着困难重重，甚至没有任何成功经验可以参考。国内专家、国外同行，很多人都对南仁东的想法抱有怀疑的态度，但他十分坚定地反问道："中国人为什么不能做？"

已有的射电望远镜，一般都是用钢铁支架将"大碗"支撑起来的，但是，口径五百米的球面射电望远镜重量之大，任何支架都不可能撑得起来，于是，南仁东提出，将"天眼"建在山里，利用喀斯特地貌形成的天然洼地做望远镜的底座，用周围的山体做支撑，把"天眼"支起来。

1994年起，南仁东便开始带着三百多幅卫星遥感图，在祖国西南的大山深处，开始了长达十二年的"天眼"选址工作：这个天然的洼地，不仅要有足够五百米的直径，还要够圆、够深，并且方圆五千米内都不能被任何无线电所干扰。十二年间，年近半百的南仁东，拄着一根竹竿拐杖，翻越了无数座深山，对比了一千多个洼地，甚至遇上泥石流险些丧命，终于选定了贵州的平塘县大窝凼洼地。南仁东建造"中国天眼"的漫漫征程，总算踩下了坚实的一步！

　　虽然选址确定，但天眼的建设工程并非从此一帆风顺。大窝凼虽然地理位置得天独厚，但交通闭塞，大型工程设备无法进入，导致施工复杂；而"天眼"要求精度极高，一丝一毫的误差都不能出，于是，南仁东开始从头学习土木工程知识，反复研究图纸，甚至成了跨界专家。2011年3月25日，"中国天眼"终于开始动工建设，已经六十六岁的南仁东仍然坚守在工地一线，和工人们同吃同住，常常为了处理一个小小的误差连饭都顾不上吃。2014年，望远镜的反射面单元即将吊装，六十九岁的南仁东亲自上阵，第一个去测试"小飞人"载人实验。这个实验全程在六米高空动手操作，没有任何落脚点，成功完成实验的那一刻，他全身被汗水浸透，却开心得像个孩子。

有人问南仁东，这么大年纪了，为什么还如此拼命？他说："国家投了那么多钱，国际上又有人说你在吹牛，我就得负点责任。"

2015年，南仁东被确诊为肺癌，并在手术中伤到了声带。家人带他住进郊区，希望他能好好休养，可是没过多久，他便又回到了"天眼"建设工地。他自称是"战术型老工人"，"天眼"一天不落成，他便一天不能放下心中的责任去休息。

2016年9月25日，"中国天眼"举行落成仪式，第一次接收到来自宇宙的电磁波，并开始进入试运行、试调试阶段。南仁东用沙哑的声音，激动而欣慰地说："这是一个美丽的风景，科学风景。"但是，他终究还是没能等到"天眼"正式验收完成、开放运行的那天。

2017年9月15日，南仁东癌症病情突然恶化，经抢救无效去世。这一天距离"中国天眼"落成一周年只差十天。

2018年10月15日,国际天文学联合会小天体命名委员会批准,中国国家天文台于1998年9月25日发现的国际永久编号为"79694"的小行星被正式命名为"南仁东星"。

2020年1月11日,"中国天眼"通过了国家验收,正式开放运行,它的灵敏程度达到了美国"阿雷西博望远镜"的2.5倍以上,人类观察宇宙的视野被进一步放大。中国向全球开放了自由观测项目的申请通道,希望能和其他国家一起去探索生命最古老的起源,寻求人类文明的进步。正如南仁东自己写的诗所说:

美丽的宇宙太空

以它的神秘和绚丽

召唤我们踏过平庸

进入它无垠的广袤

"中国天眼"已经为全世界睁开双眼,路漫漫其修远兮,未来将由我们共同探索。

休言女子非英物,
夜夜龙泉壁上鸣。

第四卷

女性力量

秋瑾　史良　林巧稚

致秋瑾

——— 女性解放之路，我们会继续走下去

> "身不得，男儿列，心却比，男儿烈。"说这句话的人名叫秋瑾，是我国近代著名的民主革命志士、女学思想倡导者，她为推翻两千多年的封建统治献出了自己年仅三十二岁的生命，为推动中国女性的解放贡献了巨大的力量。
>
> 每每读到她的故事，我都不禁潸然泪下。

（一）
从小，她就觉醒了男女平等的意识

1875年11月8日，秋瑾出生于福建省云霄县，祖籍浙江省绍兴市。父亲给她取名为闺瑾，乳名玉姑，希望她能长成一个温润如玉、具有美好品德教养的大家闺秀。

五岁那年，母亲开始给秋瑾缠足，这令她十分痛苦，她哭着问道："为什么哥哥、弟弟不用缠足，还可以上学，只有我要缠，只有我不能上学？"母亲回答她，因为哥哥、弟弟是男孩，她是女孩。

秋瑾觉得非常不公平，又去问父亲："为什么男孩能做的事，女孩不能做？"

虽然秋家是清朝晚期的官宦世家，但父亲十分开明，没有过多的重男轻女思想，听到秋瑾这样问，觉得女儿小小年纪已经很有主见，便答应秋瑾不再缠足，还让她和哥哥、弟弟一起在家塾读书。秋瑾在读书方面很有天赋，熟读四书五经，精通诗词歌赋，才华比哥哥、弟弟更胜一筹，就连她的祖父都说，如果她是男孩能参加科举的话，必定高中。

由于父亲在清朝为官，秋瑾年幼时已经跟着家人先后在福建、台湾、湖南等多地生活过。清王朝腐败落后，洋人入侵中国，秋瑾亲眼看到太多穷苦百姓被封建王朝和列强欺压，渐渐地，在这个少女的心中，萌生了习武救国的想法。

十五岁那年，父母送秋瑾到外婆家生活，她得到了和表兄一起习武的机会。秋瑾天赋过人，没过多久，剑术、拳术、马术就学得样样精通，成了一个文武双全的奇女子。**她渴望自己能够像男子一样用一生所学报效国家、救民于水火，便将名字中的"闺"字去掉，给自己取字"竞雄"，自号"鉴湖女侠"。**

然而，即便父母再开明，生在晚清时期，秋瑾仍然逃不过包办婚姻的命运。1896年，二十一岁的秋瑾遵从父母之命、媒妁之言，嫁给了湖南一个富商的儿子王廷均。王廷均比秋瑾小四岁，对她的想法十分尊重，也非常赞赏她的才学。结婚初期，夫妻二人的感情还算和睦，第二年，秋瑾便生下了儿子王沅德。秋瑾在婚后依然关心民间疾苦和国家大事，对王廷均富家子弟事事坐享其成的生活方式颇有微词，经常劝诫他要多读书、多关心家国天下。王廷均资质平庸，屡次科考不中，为了给妻儿更好的生活，便花钱买了个小官，带着秋瑾和儿子到北京赴任。

秋瑾和王廷均于 1900 年来到北京，恰逢八国联军侵华，秋瑾看到了清政府的腐败无能，祖国大地满目疮痍、民不聊生，让她感到无比痛心，原本已经安于平淡家庭生活的她，心中再次燃起了少女时期那股熊熊的报国救民之火。

为了躲避战乱，王廷均暂时放弃做官，带着妻儿回到了老家双峰县荷叶镇，在这里，秋瑾认识了思想进步的唐群英、葛健豪。三人相见恨晚，经常一起探讨诗词歌赋及救国救民的大事。在当时，她们被人们称为"潇湘三女杰"。1901 年，秋瑾生下了女儿王灿之。儿女绕膝、挚友相伴，这是秋瑾一生中最美好、轻松的一段时光。

(二）
远赴东洋，寻求救国救民之道

1903年，王廷均带着妻子、儿女第二次迁往北京赴任，一家人在北京安家落户，此去也彻底改变了秋瑾一生的命运。

作为一个思想进步、忧国忧民的新女性，秋瑾本就对在家相夫教子的日子有着说不出的无奈，她从来都不相信什么事是女子该做的、什么事是男子该做的。她一直渴望能够做一些不一样的事，渴望做爱国之人都应该努力去做的事。

在京为官的日子，王廷均染上了花天酒地的陋习，秋瑾对此非常不满，劝说无果后，两个人的共同话题也越来越少。他们的邻居廉泉深受梁启超等人的思想影响，积极参与"戊戌变法"，廉泉的妻子吴芝瑛受到丈夫和老师曾国藩的影响，对新思想也有颇多感悟。随着邻里之间的交往日益密切，秋瑾和吴芝瑛结下了深厚的友谊，吴芝瑛给秋瑾讲新思想、新事物，为她打开了一扇通往新世界的大门，秋瑾找到了自己从少女时代就想要追求的东西——真正的自由、平等。

通过吴芝瑛的帮助，秋瑾阅读了大量宣传进步思想的书籍，对时事和政局也有了更加透彻的了解，她的想法、见解日趋成熟。在不知不觉中，秋瑾开始从一个心怀爱国情感，但仍然遵循旧礼教三从四德的普通女子，成长为一个斗志昂扬的革命战士。她渴望从家庭之内走出来，走到外面的世界。她寻求的，不仅是中国人在洋人面前的平等，还有男女之间的平等。她意识到，女性一定要冲破"男尊女卑"的封建枷锁，自强、自立、自救。

想到自身的童年经历，秋瑾认为女性缠足就是对自身最大的束缚，而自己之所以能上学、能习武，也得益于一双没有被束缚过、行动自如的脚。于是，她成立了"天足会"，鼓励更多的女性放脚、拒绝缠足。

1903年中秋节，秋瑾又做了一件轰动北平的事：她身穿一身男装，进入戏园子里听戏。这件事在现在看来是微不足道的小事，但是在封建时代，代表的是女子渴望平等，对男权社会的一次宣战。当时的社会不允许深闺妇女在外抛头露面，更遑论进入戏园子这样鱼龙混杂的地方了。秋瑾开创了女子外出听戏的先河，在思想和行动上都是一种非常大的进步。

然而，这一举动却引起了王廷均的极大不满。他在秋瑾看戏时将她拖回家中，甚至对她大打出手。从此，夫妻之间的矛盾越发激烈。秋瑾失望透顶，十分渴望脱离家庭生活，去日本留学，学习更多先进的知识，回来再为女性解放、救国救民贡献自己的力量。

秋瑾的想法自然遭到了王廷均的反对，他甚至故意刁难秋瑾：去留学可以，但不会给她一分钱当盘缠。然而，秋瑾并没有服输。**纵使丈夫百般刁难又能怎样呢？她是那个时代之下少有的清醒之人，谁都无法阻挡她追求进步的脚步。**她变卖了所有首饰，努力凑够路费、学费。王廷均见她有如此毅力，只好请人送她去日本。

（三）

因之泛东海，冀得壮士辅

1904年7月，秋瑾前往日本求学，在远赴东洋的船上，她写下两句诗来表明自己的志向："因之泛东海，冀得壮士辅。"

到达日本后，秋瑾先在中国留学生会馆日语讲习所学习日语，课余她还积极参加留学生大会，以及浙江、湖南同乡会，借此机会大力宣传救国救亡的道理和男女平权的思想。

秋瑾在这里结识了鲁迅、黄兴、宋教仁等多位进步人士，她跟同伴们一起创办了《白话报》，宣传女性解放思想，希望唤醒更多人的男女平权意识、救亡图存的愿望。她无时无刻不在强调：**女子必须自立自强，不能事事仰赖男子，女子应当追求进步、自由。在她看来，只有女性自己解放自己，民族才能得到真正的自强和解放。**

在此期间，她发表了《演说的好处》《敬告中国二万万女同胞》《警告我同胞》等大量文章，言辞恳切、思想深刻，犀利抨击落后的封建礼教，在当时起到了重要的思想启蒙作用。"鉴湖女侠"的称号一时间响彻文坛。

1905年，秋瑾为了筹备继续留学的费用而回国，在这段时间，她认识了徐锡麟，经他介绍加入了光复会，正式成为革命志士中的一员。在她和徐锡麟的努力下，国内革命形势迅速高涨。同年7月，秋瑾回到日本继续求学，并加入了中国同盟会。这一时期，她写下了大量表明革命志愿的诗，其中有两句非常感人："**危局如斯敢惜身？愿将生命作牺牲。**"她说过，革命意味着流血牺牲，没有流血的革命是不可能成功的。自从加入革命团体之时起，秋瑾早已将自己的生死置之度外，她所求的，只有民族的独立自强和女性同胞的真正解放。

1905年秋冬之际，秋瑾回到荷叶镇的婆家，为创办《中国女报》筹集了一大笔经费，并提出跟丈夫王廷均离婚，和家庭彻底断绝关系。她在报纸杂志上发表了大量的文章，痛斥丈夫的种种不是，使得当时的大多数人都误以为秋瑾是因为对丈夫太过失望、积怨已久才会如此不顾对方的颜面。

事实上，即便曾经有过不和，这样批判曾经朝夕相处的家人，秋瑾心中比谁都痛。作为革命战士，她知道自己将面临什么危险，她可以牺牲自己的性命，但无法做到看着无辜的家人因为自己受到威胁。为了不牵连丈夫和年幼的儿女，她只好做得如此决绝，在世人面前制造出他们与自己无关的假象。王廷均终于懂了秋瑾，但他天生懦弱，没有才华，只能守着一双儿女，盼着妻子平安。

1907年1月，《中国女报》创刊，秋瑾在其中提出了创建妇人协会的主张，这是中国历史上为近代女性解放吹响的第一声号角，在当时引起了巨大的反响。

1907年7月13日，徐锡麟兵败，跟他来往密切的秋瑾受到牵连，被清政府逮捕。在狱中，清朝官员对秋瑾严刑逼供，但秋瑾没有透露丝毫革命起义的信息。她早已看淡生死，正如她的诗所说："死生一事付鸿毛，人生到此方英杰。"

1907年7月15日凌晨，秋瑾在浙江省绍兴市轩亭口从容就义。秋瑾用自己的生命为革命播撒下火种，企图唤醒更多的人对革命事业的重视。然而在当时，却充斥着大量不理解她的行为的声音。那些保守派说她"一个深闺女子不好好在家待着，非要抛夫弃子出来闹什么革命，得到这种暴尸街头的下场，真是咎由自取"。革命者的鲜血染红了当时仍然处在黑暗中的祖国大地，却没能唤醒身边装睡的人，实在令人感到扼腕叹息。

秋瑾并不是为了中国革命牺牲的第一位女性，也不是最后一位，但她在后世引发了强烈的社会反响。

年少时，她常自比为花木兰、秦良玉，在那个封建落后的年代，她能看到女性力量的伟大，呼吁女性力量的解放，将女性命运和民族命运视作统一的整体。这样的观念，在当今社会仍然对我们有着巨大的启发。

如今，越来越多的人在纪念秋瑾，学习她的精神品格，为女性谋求真正的平等，发挥真正的女性力量。我们知道，未来还有很长的路要走。

崛起吧，女性不是谁的附属品，而应该成为自己人生的主宰。毛泽东同志曾经说过："妇女能顶半边天！"生活在二十一世纪的女性，更应该用自己的双手撑起属于自己的天空！

致史良

今天的中国女性，很独立很自由

> 说起史良,很多人可能会觉得陌生,但是说到《中华人民共和国婚姻法》,那必然是无人不知,无人不晓。史良正是我国这部重要法律的制定者,她将毕生精力全部用在了女性解放工作中。有人说她"巾帼不让须眉",有人说她为女性、为自由而生,毛泽东同志则称赞她为"女中豪杰"。
>
> 若没有她,中国司法史上将缺失一抹非凡的颜色。

(一)
做一个不出卖灵魂的律师

1900年3月27日,史良出生在江苏省常州市的一户知识分子家庭,她的父亲是一位私塾先生,从小就教她读了很多书,培养她进步的思想理念。七岁那年,史良的母亲为她早早定了一门亲事。对此,史良并不认可,别看她年纪小,却希望自己能够在广阔天地大有作为,最终以绝食明志,促使母亲取消了婚约。由于家庭困难,史良直到十四岁才开始正式读书,但是从小父亲给她打下的知识基础、传递的进步思想,已经在她心里种下了爱国思想的种子。

1919年,"五四运动"爆发,史良积极参与其中,担任常州武进女子师范学校的学生会会长,并进行了多次宣传演讲，主张查禁日货，鼓励商界和工人罢工。在这个过程中，她广泛接触到社会各界人士，对劳苦大众的艰难生活有了更切实的体会，尤其是女性同胞受到的压迫，更让史良感到痛心不已。她希望能够通过自己所学，尽可能地改变社会大环境。

1922年，史良从武进县立女子师范毕业，在朋友的资助下来到上海读书。入读上海政法大学后，史良先选择了政治专业。随着学习的不断深入，她的认识也不断加深，她逐渐意识到，学习法律才可以帮助那些备受欺负的穷苦百姓。她曾说过这样一段话：

"在学校时我比较活跃，喜欢做点事，发言时候也极多，慢慢地自己有了一种企图，想改造环境，想做一点事，也许是有点领袖欲吧。当时就傻傻地痴想着要一个国家走上正途，只要政治上来几个人才好了，真有点'一手打成天下'的怪想头。所以我起初是进的政治系，过了半年想想政治太空洞，不如学法律。我曾经看见多少被陷害的有着革命意志的青年，弄得有冤无处诉，他们没有钱，没处请律师，我便感到不妨在这方面试一试，做一个不出卖灵魂的律师。"

"做一个不出卖灵魂的律师",这是一个少女的正义宣言,从此,她走上了为之奋斗一生的法律斗士之路。在大学就读期间,史良就不止一次参与过捍卫人民权利的活动。1925年,史良积极参加"五卅运动",进行了反对帝国主义的爱国游行,即便因此而被捕,出狱后仍然坚持创办了《雪耻》杂志,宣传民族独立思想。

1926年,史良等学生发现政法大学的校长只重视钱财而不重视教学质量,便组成了一百人的护校团,捍卫学生们受教育的权利。最终,史良和她的同学们转入上海法科大学,成为当时的著名律师董康的得意门生,并在此完成了学业。

1927年,史良大学毕业,由于上海法科大学是一所私立学校,史良拿不到律师证,因此,她被分到了南京国民革命军政治部政治工作人员养成所工作。即便做不了律师,她也时刻记得自己"不出卖灵魂"的誓言。她的上司屡屡针对她,更以"莫须有"的罪名将她送入监狱。这次入狱,对她影响颇深:在狱中,她见到了太多宁死不屈的共产党人，被他们坚定信仰、一心为民的精神品质所折服。她下定决心，出狱后要为了人民、为了正义努力奋斗。

1930年，上海法科大学更名为上海法学院，经教育部批准，史良拿到了律师证，她终于可以在自己最擅长的领域，践行自己决定学法律时的诺言：**帮助那些备受欺负的穷苦百姓**。史良竭尽所能地为穷苦人伸张正义，遇到特别贫困的，她非但分文不收，还自费给当事人找旅馆住。

（二）
巾帼不让须眉的政治活动家

1931年，史良加入了共产党在上海外围组织的革命人道互济总会，成功办理了多个营救中共地下党工作人员的案件。史良投入其中，尽职尽责。直到1933年，她经历了一次营救失败，这让她又一次成长，越发关心家国命运、民族危亡。

1933年5月15日，著名工人运动领袖邓中夏被法国租界巡捕所逮捕，他化名施义，尽管被敌人严刑拷打，也不承认自己工人领袖的身份，并托人给史良带信，请她为自己辩护。史良拼尽全力，在对方没有明确证据的情况下，为邓中夏争取到只判决五十二天的徒刑，并可以交保释放。史良原以为这次的营救工作已经初步成功，相信再过不久就能等来邓中夏平安出狱的消息，但出乎意料的是，和邓中夏一起被捕的林素琴禁不住敌人的威逼利诱，迅速供出了邓中夏的身份。1933年9月，邓中夏英勇就义。

这件事对史良的触动极大，律师的使命、家国大义在她心中掀起巨大的浪涛，她觉得，自己只尽到一个律师的**职责还远远不够，更重要的是要具有民族气节，中国人应该挺起自己的脊梁！**在内忧外患不断、民族危亡之际，她觉得自己应该挺身而出，参与到更多爱国救亡的政治活动中。

抗日战争期间，史良在抗日救亡运动中贡献了巨大的力量。

1935年8月1日，中共中央发表了《为抗日救国告全体同胞书》，建立抗日民族统一战线，史良积极响应号召，在上海发起成立上海妇女界救国会，并担任理事。随后，上海文化节救国会成立，史良任执行委员。

1936年5月，全国各界救国联合会在上海成立，史良是其中的重要成员。她和同事们积极开展抗日救亡的宣传工作，以此来推动国民党进行抗日。然而，国民党却实行了"攘外必先安内"的方针，制造了"七君子"之狱，救国会的领导人沈钧儒、章乃器、邹韬奋、李公朴、沙千里、王造时、史良均被国民党逮捕。**史良是"七君子"中唯一一位女性，无论敌人如何威逼利诱，在狱中，她始终坚持爱国无罪的立场。**"七君子"之狱震惊中外，就连爱因斯坦、约翰·杜威等国际友人也开始帮助救援。直到"七七事变"之后，抗战全面爆发，史良等七人才被宋庆龄、何香凝、胡愈之等人营救出来。

牢狱之灾并没有让史良感到挫败或恐惧，她反而利用自己所处的环境，充分发挥自己的特长，在狱中宣传抗日救国工作，还义务担任女犯人们的律师，帮助她们研究案情，教她们如何用法律武器保护自己，去维权，去申诉。史良丰富的知识、镇定自若的态度，起到了有效的爱国宣传作用。

（三）
维护女性权益，成为她毕生的追求

作为律师，史良处理过很多有关妇女婚姻问题的案子，在这个过程中，她更深入地了解到旧中国女性所受到的压迫；"七君子"之狱的经历，也让她深刻体会到了女性力量的强大。史良越来越坚信一个观点：**只有妇女真正得到了解放，整个社会才会彻底得到解放。**出狱后，她迅速投入到发动女性参加抗日战争、争取女性平等合法权益的工作中。

1938年7月，国民参政会成立，史良成为参政员的一员。作为唯一的女性参政员,她立志要为要求国民党政府保障民主和女性权益而不懈奋斗。她创造性地提出:要在宪法总纲中明确规定男女平等、为"国民大会"争取到更多妇女代表的名额,并鼓励女性工作者参与到城市、乡村的各项宣传教育工作中,为更多的基层女性同胞带来思想启蒙。这些观念在半殖民地半封建社会的中国,在战争年代,具有相当大的开创性,是极其富有远见的。

1945年7月,中国妇女联谊会成立,史良任常务理事,为团结社会各界爱国妇女、争取民主和妇女解放做了很多工作。

时间转眼来到中华人民共和国成立前夕。1949年6月,史良由上海来到北平,以民盟代表的身份参加中国人民政治协商会议的筹备工作。为了让新中国妇女能得到更多的合法权利和平等地位,她在周恩来斟酌新政协委员名单时诚恳地建议道:"旧政协我没有参加,基本上没有妇女代表,我希望新政协能够注意到妇女代表名额的问题。"

中华人民共和国成立之后,史良先后担任过司法部部长和政务院政治法律委员会委员,以及全国妇联执行委员、副主席等重要职务。作为一个法律专业工作人员，她主张建立新的律师制度、公证制度；作为妇女工作的代表，她切身从女性角度出发，参与《中华人民共和国婚姻法》的制定，废除了包办婚姻、男尊女卑等封建制度，真正实现了男女平等、一夫一妻、婚姻自由。

《中华人民共和国婚姻法》于1950年颁布，这对史良来说并不是女性解放工作的终点，而是另一个新挑战的起点。她说："担任了十余年律师的我，一向是人家上门来请我、求我，现在我一旦跑到群众中要为人民服务，任何事务都要为群众着想，任何问题都要走群众路线，这在我思想上是最艰苦的长期性的斗争。"于是，她深入基层，不但要贯彻《中华人民共和国婚姻法》的落实，更要普及男女平等的观念，发现和解决新的问题。她致力于团结社会各阶层女性一起建设新中国，关心教育事业，帮助基层女知识分子反映她们的建议。作为女性代表，史良不仅在国内政治舞台上真正发出了女性同胞内心的声音，还在国际女性工作的舞台上一次又一次留下了闪耀的身影。

1985年9月6日，辛勤劳累一生的史良永远地闭上了双眼，她终于可以好好休息一下了。

史良曾被誉为"民国十大才女"之一，有着这样的称谓在，可能会有人想要了解她的家庭、她的爱情，但我讲述的只有她的事业。或许有人会如刻板印象一般，不自觉地在看到"只有事业可讲"的女性时给她打上"女强人""不顾家"的标签，但事实上史良并非如此。

史良的丈夫陆殿栋比她小七岁，是一位法学精英，担任过中国外交部专门委员、中国人民政治协商会议第四届全国委员会委员等重要职务。二人于微末时相识，在"七君子"之狱后完婚。婚后，夫妻俩情投意合，有一个养女，生活中处处都是浪漫：给爱人拍靓照、周末去有氛围感的餐厅约会，现在小情侣喜欢做的事，他们夫妻俩都喜欢做。用现在的话描述，可谓是灵魂伴侣、羡煞旁人。1976年，丈夫突发脑出血去世，史良备受打击，身体也大不如从前，但她依然在自己的岗位上继续工作了九年。

可以说，正是因为有了史良的努力，才有了今天广大女性勇敢追求自己的人生目标、坚持自己所爱的自由。

作为新时代的女性，我们必然会在史良前辈开拓的道路上继续走下去，同时也不妨参考一下她的人生态度：**做你想做的、你擅长做的**，别人给的幸福是锦上添花，在你成为最理想的自己时，你本身就已经是一道不可替代的光了。

致林巧稚

我们都是您的孩子

> 一年一度的母亲节快要到了,在给自己的妈妈准备礼物时,我忽然想到了一个曾经在课本上看到的女人,她虽然一生都没有生育过孩子,但值得被所有人亲切地叫一声"妈妈",她就是中国现代妇产科学的开拓者、奠基人之一,新中国第一位女院士——"万婴之母"林巧稚医生。
>
> *她用一生践行着自己的座右铭:"只要我一息尚存,我存在的场所便是病房,存在的价值就是医治病人。"*

（一）
医者仁心是她与生俱来的光辉

　　1901年12月23日，林巧稚出生在福建省厦门市鼓浪屿的一户人家里，家中还有一个姐姐和一个哥哥。在她出生的那一年，中国近代史上发生了一件令国民感到极其屈辱的大事——1901年9月7日，清政府签订了丧权辱国的《辛丑条约》，中国彻底沦为了半殖民地半封建社会。《辛丑条约》的签订，导致风雨飘摇中的旧中国越发积贫积弱，百姓衣食住行越发得不到保障，重男轻女越来越严重。在这样的背景下，女性想要干出一番自己的事业，简直是天方夜谭。

　　然而，林巧稚是幸运的。鼓浪屿生活着很多来自西方的传教士，平等思想在当地传播较广；林父长期在新加坡留学，接受了很多先进的思想理念。因此，林家对儿女一视同仁，林巧稚不仅不用裹小脚，父亲还教她跟着哥哥姐姐一起学英文。这样的家庭氛围和启蒙教育，给林巧稚未来的从医之路打下了坚实的基础。

但是，一家人和和美美的幸福生活却是短暂的。在林巧稚五岁那年，母亲因宫颈癌不幸去世。失去母亲的痛苦，让年幼的林巧稚意识到医生救死扶伤的重要性，于是，成为一名好医生成了她心里深深的执念。她深知医学的严谨性，因此，上中学时一直刻苦读书，成绩名列前茅。中学毕业时，她听说北京协和医科大学正在招生，便积极报名。

医生的专业性和职业美德仿佛是林巧稚与生俱来的。在她还没有正式入学、成为专业的医学生之前，医者仁心的美好光辉就已经在她身上闪现出来。报名协和医科大学的学生，需要通过考试才能获得入学资格。在林巧稚参加英语考试那天，同场考试的另一名考生忽然晕倒，林巧稚顾不上自己的卷子还没答完，第一时间用自学的知识给同学做急救，帮助同学脱离了危险。在那一刻，她的心里只有病人的安危，全然没有自己！

抢救同学耽误了宝贵的考试时间，林巧稚的试卷没有答完。她原以为这次报考将会以遗憾收场，但是，监考老师被她的行为深深感动，**认为真正的好医生就应该像林巧稚这样，无论何时何地，都将病人的需要放在第一位。**于是，这位老师在林巧稚没答完的试卷后附上了亲手写的现场情况报告，赞扬林巧稚的乐于助人和沉着冷静，并肯定了她的英语能力。

医学院能培养学生的优秀技术，却不一定能培养学生的优秀医德。林巧稚刻在骨子里的医者仁心得到了校方的重视，协和医科大结合林巧稚其他科目的优异成绩，以及考场救人的灵活应变能力和扎实的医学基础知识，破格录取了她。

1921年，林巧稚成功入学。而把病人的需要时时放在第一位的信念，她坚守了一辈子。

（二）
她只想到最需要她的地方去

协和医科大学对学生成绩的考核相当严格：八年的学制，主课有一门不及格就要留级，两门不及格直接除名。因此，考进去的学子每天下课后几乎都是跑着去图书馆找学习资料，即便晚上宿舍熄灯，也要想尽办法挑灯夜读，生怕成绩落后一点。

在这样严格的教育下，经过八年的寒窗苦读，1929年，林巧稚不仅从协和医科大学顺利毕业，获得了医学博士学位，还获得了学校的最高荣誉——文海奖学金，这个奖项每年只颁给成绩最优秀的一名学生。林巧稚是全校第一个获得这项荣誉的女生，同时也是第一位因为成绩优异成为住院医生的中国女医生。大家都很好奇，这样一位前途无量的优秀毕业生会选择去哪个科室。当她提出去妇产科时，众人纷纷感到惋惜，在他们看来，内科和外科才是最有前途的。

但林巧稚看中的不是个人前途和利益。原来，在校期间她曾经到杨崇瑞博士创办的国立第一助产学校实习，当看到那个年代女性的卫生、健康问题得不到足够的重视，女性分娩遭受的痛苦，以及新生儿得不到足够照顾导致的夭亡时，她的内心受到深深的触动。她敬佩杨博士在妇产科领域的积极探索，此时，**她曾经为了弥补失去母亲的遗憾而立志当一名好医生的执念，已经转化为解救中国万千妇女儿童苦难的决心**。于是，林巧稚坚定地表达了自己的意愿："妇产科需要我。"她是医生，她只想到最需要她的地方去。

当时的协和医院对住院医生有这样一条规定：在任期间不准结婚生子。在旁人看来，这条规定十分苛刻，但林巧稚却觉得它很有道理，她认为养育自己的孩子需要花费大量时间，医生便不能把自己的全部精力投入在病人身上。她看重自己的病人，于是选择牺牲小我，成就大我，即便在住院医生任期满后，也没有考虑过自己的婚姻大事。**在她的余生里，她把自己接生过的每一个孩子，都当成自己的孩子一样悉心呵护**。后来，据她的侄子回忆，林巧稚视病人如亲人，当时的外国医生到点下班，而林巧稚却像扎根在医院，为了照顾病人废寝忘食更是家常便饭。她把病房当作了自己的战场，坚定地守护在第一线。

林巧稚踏实认真地坚守在自己的工作岗位上，多次获得了晋升和进修的机会：1931年，仅毕业两年的林巧稚便担任了北京协和医院的妇产科助教；1932年，她远赴英国，在曼彻斯特医学院和伦敦妇产科医院进修；1933年，她到奥地利维也纳进行了医学考察；1935年，她担任了北京协和医院妇产科的讲师，两年后升任副教授。此时，抗日战争全面爆发，北平沦陷。林巧稚亲眼看着同胞遭受战乱之苦，医疗卫生条件得不到保障，更坚定了坚守在医疗前线的决心。

1939年，林巧稚再次得到了进修机会，被公派到美国芝加哥大学医学院妇产科学习。她极高的医学天赋和学习能力令美国的教授折服，为期一年的进修结束后，教授极力挽留她在美国任职，但是，林巧稚的态度十分坚决。她知道自己的一身医术是为了挽救苦难中的同胞而学，毅然返回了中国。

抗战期间，北京协和医院被日军占领，被迫关停。自

1941年起，林巧稚便在北京东堂子胡同开了一家私人诊所，为战乱中渴求得到治疗的同胞服务。正如她的毕生追求所说的那样——"**怀着非凡的爱去做平凡的事情**"，她主动降低挂号费，遇到家境贫苦的患者，她非但分文不取，还会自掏腰包给她们补贴日常用品。这间诊所一开就是六年，存留下来的病历资料显示，在此期间，她救助了至少八千八百八十七位女性。在那个战火纷飞的年代，林巧稚的存在就如同和煦的春风、久旱的甘霖，给了苦难中的家庭一次又一次安全感和心灵上的慰藉。

（三）
"我是一辈子的值班医生"

1948年，林巧稚终于回到了重新开办的北京协和医院，在动荡的环境和有限的条件下重建了妇产科。借着存留下来的私人诊所病历档案，林巧稚更加了解当时社会环境中困扰妇女儿童的临床问题，工作、研究起来也更有明确的方向和动力。

1949年开国大典举行前夕，作为北京协和医院著名的医生、教授，林巧稚收到了前往开国大典观礼的邀请函。她感到非常困惑："我是个医生，请我去做什么？"她并非不知道受邀前往观礼代表着什么，但是比起那张邀请函，手中的病历资料、病房中等待她的病人重过万金，她一刻都不愿意离开她们。林巧稚虽然缺席，但她的职业精神深深地感动了每一位与会者。后来，周恩来同志多次去看望她，在得知她喜欢喝咖啡之后，某次外出访问归国时还特意带回一包咖啡豆送给她。

对待病情，林巧稚严肃得仿佛是一位驰骋沙场的巾帼将军；但是对待病人，她俨然如同一位温柔、亲切的母亲。毕业留院时，她年龄尚小，只是一个助理医师，她却能时时共情患者；当她们因为分娩疼痛难耐、感到恐惧无助时，在一旁陪护的林巧稚总会紧紧拉着她们的手，给她们最坚定的支持和陪伴。有些国外的医生不理解林巧稚的做法，认为仅仅握着手是缓解不了产妇的疼痛的，劝说她不要做无用功，但他们不知道的是，正是因为林巧稚的举动，产妇们才更加相信自己面前的医生和助产士，内心的恐惧也逐渐被驱散了。

后来，林巧稚成了讲师、教授，她也不忘时刻提醒自己的学生，产妇因为疼痛大喊时，不要不耐烦，更不能冷漠地喝止她们，要去理解她们的痛苦和恐惧，并用温柔的话语，把产生疼痛的原因解释给她们听，告诉她们接下来可能会经历的步骤。面对未知的痛苦，人总会本能地产生恐惧，林巧稚对学生的教导，无疑是在教医务工作者，除了治病救人，还要关照患者的心灵世界，教给医生们帮助患者战胜恐惧的方法。

林巧稚帮助患者检查时有一个非常暖心的细节：她本可以直接用专业设备帮助患者听胎心，但是她总是习惯先弯下腰、附耳贴在患者的肚子上，亲耳听一听。这个举动十分亲切，患者会不由自主地觉得，林巧稚就是自己慈爱的母亲，自己正在被她关爱着，紧张的心情自然而然地就放松了下来。

林巧稚曾经说过:"**大夫的时间不属于自己,而是属于病人。**"她一生都在用自己的实际行动践行着自己说过的话。无论何时,只要接到从妇产科打来的电话,她总会详细地询问病人情况,给出具体的专业解决方案,甚至情况紧急时,她会直接赶往医院,用最快的速度为病人排忧解难。她时时刻刻挂念着每一个病人的身体和精神状态,如果有处理结果没有及时告诉她,她必然会担心得一夜不得安眠。

据不完全估计,林巧稚用一双温暖的手,接生了至少五万名婴儿。在那些孩子们的出生证明上,她会用娟秀的字迹写上:"林巧稚的孩子"。**她是在用自己的生命,爱着自己的职业,爱着这些患者和新生的孩子。**当时,很多父母为了表达对林巧稚的感激和敬意,纷纷给孩子起名叫"念林""爱林""敬林"。说起林巧稚接生过的孩子,有一段特殊的缘分,著名的"杂交水稻之父"袁隆平就是由她接生的。当时袁父袁母还没来得及给孩子取名,于是,林巧稚在他的出生证明上亲切地给他取了个小名,叫作"袁小孩"。

晚年的林巧稚，生活过得比从前艰辛。在那段特殊的历史时期，已经年迈的她只能做护工，在医院做粗重的杂活，身体也大不如前。即便如此，她也没有忘记过自己救死扶伤的职责和使命，仍在尽自己最大能力帮助她能帮到的病患。林巧稚得到平反后，身体已经不允许她重新回到妇产科医生的岗位上，辗转在病榻上的她，开始将自己的医学研究成果编著成书，希望给医学界留下些有价值的东西。临终前，林巧稚劝说身边的医护人员不要再继续救治自己，不要在自己身上浪费医疗资源。

1983年4月22日，这位伟大的"万婴之母"在北京逝世，她留下了三条遗愿：将自己的全部积蓄捐给医院的幼儿园和托儿所；遗体用来做医学研究；骨灰送回家乡鼓浪屿，撒在大海里。

"只要我一息尚存，我存在的场所便是病房，存在的价值就是医治病人。"这句话是林巧稚的座右铭，也是她的墓志铭。她一生中经历了太多，她见证了中国从战乱走向和平，从封建走向民主，但无论哪一个时期，她都无私奉献着自己。她给人看病，不分贫富、不论身份地位，正如康克清对她的评价："她看的是病，不是人。"

林巧稚的一生，对医疗事业的发展做出了巨大的贡献，我们至今都在从中受益：她和杨崇瑞对女性生产技术的研究，使得民间接生婆开始真正向专业助产士、妇产科医生转变；她对妇科肿瘤、家庭育儿方法的研究，为当代医学研究、家庭教育的发展提供了大量科学方法和理论依据；她将剖宫产的技术引进到中国，并且攻克了新生儿溶血症；她筹建了北京妇产科医院，并为中国妇产科培养了一大批优秀的人才，如妇产科专家郎景和院士、妇女保健学专家严仁英教授、北京协和医院妇产科主任医师连利娟教授、妇产科专家叶惠方教授等，都是她的学生。

林巧稚一直主张妇科疾病在于科学治疗，更在于积极预防。如今，越来越多的人增强了这方面的意识，开始更多地关注女性卫生、健康事业的发展，愿意为这项事业做科普。林巧稚如果看到这些，应该会感到欣慰吧。

林巧稚始终认为，**医者必须回归医学的本源，医学的本源是人的纯洁善良。**我们在她身上看到的正是闪耀着善良光辉的医者仁心、慈母之心。

这份善良至今感动着无数人,网络上有一句评论说出了大家的心声:"林医生虽然没有子嗣,但我们每个人都可以算作是她的孩子。"

是啊,林巧稚就是这样一位伟大的母亲,除了"林医生""林大夫"这样的尊称,我想,我们都应该对她说一声:"妈妈,谢谢您,我们爱您!"